共同体

COMMUNITY 019

各美其美　美美与共

刘大任集

枯山水

刘大任 著

深圳报业集团出版社

图书在版编目（CIP）数据

枯山水/(美)刘大任著.--深圳:深圳报业集团出版社,
2017.8
ISBN 978-7-80709-797-6

Ⅰ.①枯… Ⅱ.①刘… Ⅲ.①短篇小说－小说集－美国－现代 Ⅳ.①I712.45

中国版本图书馆CIP数据核字(2017)第151437号

枯山水

刘大任 著

深圳报业集团出版社出版发行
（518034 深圳市福田区商报路2号）
山东鸿君杰文化发展有限公司印制 新华书店经销
2017年8月第1版 2017年8月第1次印刷
开本：880mm×1230mm 1/32
字数：110千字 印张：6.75
ISBN 978-7-80709-797-6 定价：55.00元

目录

代序　想象与现实：我的文学位置　/1

无限好　/14

骨里红　/21

青红帮　/27

从心所欲　/35

对镜　/44

处处香　/50

西湖　/57

老龚　/68

访旧　/76

信　/82
珊瑚刺桐　/89
喜林芋　/98
大年夜　/104
惜福　/112
连根拔　/118
贴梗海棠　/124
孤鸿影　/134
前缘　/141
闲之一：冬天的球场　/156
闲之二：爷爷的菜园　/169
闲之三：藕断丝连　/186
后记　/201

代序

想象与现实
——我的文学位置

五四以来，关于文学的定位，主要有两种意见：一种意见认为，文学应该结合现实，反映现实；另一种意见针锋相对，主张文学以摆脱现实、超越现实的表现方法为主，必须让想象力自由翱翔。前一种意见，事实上已经成为五四以来新文学的主流传统，后一种意见，是近年接受西方文学影响之下的颠覆运动，目前已经泛滥海峡两岸和海外的华文世界，骎骎然，有喧宾夺主之势。

那么，“想象”与“现实”，两者之间，必然互相排斥、势不两立吗?

我试举两个例子说明。不谈当代，因为当代有关文学艺术的主张，始终跟政治意识形态和历史文化反思纠缠在一起，一钻进去，简单立刻变得复杂，除了激动无谓情绪，对厘清问题，往往没有帮助。我的例子，是从古籍堆里找来的两首唐诗，李商隐的《锦瑟》和杜甫的《登高》。

这两首都是传诵千年的名诗，对文学有兴趣的莫不耳熟能详，为了节省篇幅，不再引述，只需指出，前一首，百分之九十是想象，现实给压缩到极简，照样拨动每个人的心弦；后一首，百分之九十是现实，无限的想象空间，完全留给了读者。然而，你能挑战它们的文学地位吗?

因此，我认为，在文学作品中，想象与现实所占比重多少，与文学作品的价值没有太大的关联。

想象与现实，本来就是文学作品内容的主要元素，这是常识。文学作品是人类精神活动的记录，“想象”无论如何飞跃，总有个现实基础，就是精神病患者的妄想症，也可以找到某种现实，只不过，那个现实，可能是人体化学组合失调的结果；同时，文学作品里面的“现实”，也非照相录影，必须通过人类精神活动的感觉、认知和诠释，才能形成所谓的“现实”，因此，“想象”与“现实”，其实是你中有我，我中有你。用这个常识观点做题目，岂不是老生常谈，有什么启发性呢？我的文学位置如果设定在这样一个常识性的范畴里面，能谈出什么道理呢？

请大家稍微有点耐心，听我解析一下。

但是，解析之前，让我先讲两个小故事。

十二三岁的时候，读初中二年级。有一天，全校师生集合在大礼堂，听校长请来的一位“文学大师”演讲。

“大师”一头银发，象征智慧；着一袭长袍，果然仙风道骨。台下的我们，正襟危坐，洗耳恭听。“大师”上了台，半天不说话，然后，慢条斯理，从口袋里摸出一支火柴，是好莱坞西部电影里面牛仔英雄人物习惯在骚女人屁股上一划就着的那种又粗又长的火柴。“大师”

顺手在讲台上一划，火柴烧着了。他把火柴高高举起，用温柔敦厚的声音说：

“文学就像这支火柴——燃烧自己，照亮别人！”

那时候的我，文学还没开窍，不过，经常上图书馆，小说、散文和诗，样样入迷，但还不太能够分辨好坏。听到“大师”的伟大宣言，还是不觉目瞪口呆。

这还得了！文学的目的就是“自焚”！搞文学就得准备做“人肉蜡烛”！

再讲一个故事。

十几年前，台湾少年文艺刊物的一位编辑专访，最后要我给有志于文艺的小朋友说几句话。我仔细考虑了一下，说了下面一句话：

“首先，不要听老师的话。”

这句话，后来刊出的专访里面，给删掉了。

两个故事都是我的亲身经历，两个故事都直接间接牵涉到一个问题——常识。常识救了我，帮我看穿“大师”的虚伪；常识告诉我，在台湾那种“升学主义”的教育制度下，听话的好学生，除了背书，除了对付选择题、是非题的小聪明，脑子一般不会动，更别说叛逆了。没有叛逆，哪来的文学！

我强调“常识”！

但是，请注意，我说的“常识”这两个字，解释上，必须宽广一点，必须深厚一点。“常”这个字，除了“平常”“通常”的意思，还有“经常永久”的意思；“识”也不只是“知识”，应该想到“见识”“洞识”等等。

文学作品不是天上掉下来的。文学作品是由一个“创作者”，通过他的精神活动，一个字一个字、一个句子一个句子、一段一段写（现在也许是“敲”）出来的。“创作者”是人，他写每一个字、每一个句子、每一段文字，都是一个重要决定。这无数的决定，是好是坏，是美是丑，关键就在“常识”。所以，我更要强调，建立“常识”，是每一位创作者一辈子的事。这是艰苦寂寞的过程，每天都得做，阅读、观察、思考，一把剑，天天磨！同时，要有耐心，学会等待，若非水到渠成，不要轻易动手。

我们中国人有一个好传统——做人。人不是天生成的，必须通过学习、反省、修炼，把自己“做”出来。这个“人”，怎么“做”？我也讲一个故事。

我很喜欢的一位日本电影导演小津安二郎，有一次，指导一位女演员表演一场悲情戏。女演员念着台词，不禁悲从中来，号啕大哭。小津先生喊停，把女演员请进房间，关上门，然后说：你是人？还是畜生？畜生痛苦才会号啕大哭，人痛苦时，脸上可能在笑，眼泪是往肚里流的！

建立常识和做人，道理是一样的，要求我们仔细分辨，特别是在细枝末节那些地方。细枝末节地方，最见真章，如果笼统糊涂，就是我们所说的“流俗”。当然，“流俗”也可以成就文学作品，但它属于通俗文学，只剩下“娱乐价值”。

再讲一个故事。这一次，以自己写作的一篇小说为例。

十几二十岁那些年，我在台北小小的“先锋派”（台湾叫“前卫”，其实，两个用语都是从英文的“vanguard”翻译过来的）圈子里混。当时，朋友们把我叫作“惨绿少年”，有些事，不会或不屑跟我讲的。可是，有一天，大家喝醉酒，就无话不谈了。有位写诗的朋友，平常，他是“宪兵队”里的一名老兵。那天，记不得是什么因缘刺激他，酒精当然也有帮助，否则很难想象他会从内心深处最黑暗的压力下解放出来，暴露了一段亲身经历。故事很简单，若干年前，他奉命枪决政治犯，一个大学生，十八九岁的姑娘。执行前，姑娘转头说：这辈子，还没碰过男人，你们，随便哪一个……

听完这个故事，我非常震撼，有强烈的冲动，想立刻写出来。然而，问题来了，怎么写？拟了几个方案，又一一否定。幸好那时没写，试想，一个“惨绿少年”，接触这样的题材，后果一定惨不忍睹。我等了二十年，直到自己在人世间翻够了跟斗。

这个题材牵涉到文章开头提到的“现实”与“想

象”。“现实”就是白色恐怖，也是中国几千年历史中层出不穷的“良心犯罪”问题。我的材料不够丰富，而且，历史纪实非我所长，我想做的，只是通过艺术手段来表现，这就要靠“想象”。可是，面对这样的题材，我至少有点自知之明：一般的、平庸的“想象”，肯定不行，糟蹋故事不说，更亵渎至死不放弃求生的牺牲者。

二十年后，有一天逛纽约唐人街，在一家书店里发现一盘《江南丝竹》录音带，回家一听，那种山温水软、缠绵悱恻的风味，忽然跟我心里埋藏已久却从未真正忘却的那个故事，吻合上了。最残忍的跟最甜美的结合在一起，这就是中国，这就是我要的。我想了一个题目，叫它《四合如意》。“四合如意”岂不是四平八稳、心闲气静吗？杀人这种血淋淋的事情，中国人干起来，也可以稀松平常的。中国文化里面，凡是形容“美满幸福”，往往喜欢用四个字，例如“金玉满堂”“花开富贵”之类。

于是，通过“想象”，创造了三个人物、两个场景，完成了故事。这篇小说一共才一千五百字左右，虽然不长，但也无法引述在这里。有兴趣的读者，可以参考台湾联合文学出版社出版的我的一本短篇小说集《残照》，《四合如意》就收辑在里面。

我之所以不厌其烦，把作者无须交代的创作经验和盘托出，无非是要点明，“想象”与“现实”，根本没必要处理成“互相排斥”“势不两立”那种大场面，多少年来，没完没了的笔战，到了今天，应该可以休兵了。至少，我的经验告诉自己，结合现实、反映现实这个传统，路子还是很宽，可以做的还是很多，没有过时淘汰的问题，只有好坏精粗；同时，颠覆传统、解放思想、让想象自由飞翔的这条路，也一样宽广；然而，同理，也不能回避好坏精粗。事实上，两者不但不必对立，有时候有机地相互结合，更海阔天空。颠覆和解放本身，不一定保证任何价值；结合和反映本身，也无任何保证。我还是必须再一次强调，不论选择哪一条路，关键是“常识”，更是“做人”，因为，文学跟其他艺术形式一样，天生有个致命的敌人——平庸。

最后，在“常识”和“做人”这个范畴，还必须补充几句话。

年纪大了，逐渐摸出自己的定位，英文叫作“self-conception”，意思就是：自己怎么看待自己？

我一向不把自己看成“作家”，觉得做一个“知识分子”比较心安理得。这个选择，跟虚荣心与反虚荣心无关，只是觉得，中国几千年的历史文化传承，有一条轨迹，是一代又一代的“读书人”（现代习惯的用语就叫“知识分子”）创造出来的，这是我的国。“作家”一词，听起来比较专业，“读书人”或“知识分子”，好像关怀面比较广、比较深。当然，“知识分子”的定义，特别在当代，非常复杂。多年来，自己反省，光是在接受前辈的影响方面，渊源就无法说清楚。挑几个重要的说说吧。观察社会、认识世界，美国二十世纪五六十年代的社会思想家赖特·米尔斯（C. Wright Mills），二十世纪末期的巴勒斯坦学者爱德华·萨义德（Edward W.Said）

和当代依然活跃的英国无神论生物学家理查德·道金斯(Richard Dawkins)，对我的基本世界观，都有一定影响。东方的作家里面，我喜欢鲁迅和日本的谷崎润一郎，虽然两人的风格南辕北辙。西方的作家里面，佩服陀思妥耶夫斯基、福克纳、乔伊斯，但总觉得跟他们有点距离，生性喜欢的，却是我认为比较阳光的屠格涅夫和海明威。至于当代文学界朋友们热衷的那些“大家”，马奎斯、卡尔维诺等等，虽然读过一些，还是觉得，恐怕还需要时间的考验和淘洗吧。

我的文学位置究竟放在哪里？很简单，只有一个方向——尽力摆脱平庸。是否成功？不知道，但就像我一个热爱麻将的朋友说的，每摸一张新牌，都是希望。

(根据二〇一一年九月十九日在台湾“清华大学”的演讲录音改写。)

二〇一一年十一月一日改写

二〇一二年八月二十五日定稿

无限好

他独自一人，坐在湖边的公园长椅上面，眼光失去焦距似的望着，西天开始出现一抹红霞。

阳光已弱，黄昏尚未到来。

没有风，没有浪，环湖绿树的倒影，像一圈蕾丝花边，跟随隐约可见的粼粼波光，缓缓摇摆。

湖中心，两只白天鹅，静静划动水面下的双蹼，调动身体，相互协作，仿佛在精心创作一幅美妙忘我的交颈图。

然后，白天鹅加大了动作，一只游了出去，画开一个圆圈，接着，另一只游出去，又画开一个圆圈……

他的耳边，开始响起《姑苏行》。

他不知道这首曲子的作者是谁。吹奏者是谁，他也记不清楚。也许，是吴、越古国上千年文化孕育的不朽呢哝软语，也许只是近代某个孤独灵魂的呓语。然而，音乐响起来了，他便不能不跟下去。主旋律一叠三起，一句套进一句，分不出首尾，分不出主从。

旋律画着圆圈，一圈套着一圈。

白天鹅的舞步，错落交接，继续画着圆圈。圆圈荡漾着，一圈涟漪套着又一圈涟漪，慢慢扩散。

《姑苏行》的笛音荡漾着，气足神完，饱满玉润，每一个音符都浸在青绿湖水里，水淋淋，晶莹剔透，随后便如肥皂泡泡一样，悠然浮升半空，又纷纷洒落，满天的花雨。

他看见她，在晨雾尚未退去的湖上。

他看见她，从头到脚，一身白，天鹅一样，在湖冰上面画着圆圈。

一条红色的丝巾，跟随她的身体，飘起来，像风筝的尾巴。

她飘过去，又飘过来。一个圆圈，又一个圆圈。

《姑苏行》的旋律，像风筝的长尾，飘向半空，渐飘渐远，融入西天一抹红霞。红霞散开，扩大。

这首曲子很怪，每次演奏一半，他的眼前，便出现地中海的形象、色彩和风情。画卷没有声音，《姑苏行》的旋律，是唯一的配乐。

他开着一辆风骚无比的法拉利跑车，通体赤红闪亮，沿着海岸线的曲折回环，在五月的熏风暖阳中，穿插滑行。

他在约好的餐馆等待，两个小时，独自一人，完成一次盛宴。

她始终没有出现。

之后的情节，便都模糊了。但他记得前晚发生的一个片段。

前晚，手牵手，他俩从海岸岩壁的石阶梯，逐级往下，走向海边。她的发丝，因略带橘花香味的晚风飘起，飘荡在他的脸颊上下，让他的眼睛有点迷蒙。他没有用手拂开，却将双唇噘成吹呼哨的形状，慢慢呼气。

海上有点点星火，分不清是天上还是人间。海浪轻轻拍岸，节奏缓慢低沉，周遭虽暗，似无任何威胁，反而有温暖的意绪。他俩相互依偎，细数偶尔划过天边的流星。

那里没有海藻鱼腥，只有橘子花香。

他清楚记得，两天前的上午，身旁的座位上，她的白皙面颊，微微反射，五月地中海的温煦暖阳。岸边回旋上升的公路上，红色跑车，绕着山体，画着圆弧，一圈接着一圈。

2017-5

然后，又一个镜头，有一片轻雾，淡淡笼罩，午夜地中海的无声水面。

湖对岸的天边，红霞染遍。

《姑苏行》的旋律，圆舞曲一般，一圈又一圈。

他用左手的手指，顺势带动驾驶盘，跟随眼前不断浮现的路面，滑行。他的右脚，在刹车和加油的间隙，轮流自由操作，黑色凯迪拉克，游艇一般，在漫山遍野的红叶中，穿梭，好像暗合着唱碟重复播放的《姑苏行》节奏。

他的右臂伸出，让她的头，寻得稳当的依靠。

他选中一家荷兰风的旅店，作为他们完成仪式的祭坛。

新英格兰地区，只有佛蒙特田园诗一样的原野，才能找到如此欧洲风味的旅店。

然后，在读尽漫山遍野弥漫死亡气息的红叶之后，走上祭坛。他们的仪式，离完美不远，他知道，因为，她用床单裹住半边身体，回首刹那，嘴角的似笑非笑，让他感觉达·芬奇完成《蒙娜丽莎》后的放松和疲惫。

他突然发现，那一抹红霞，已经泛滥成灾。熊熊火光，燃烧天地，惊起一对白天鹅，从湖面飞升。

他惊惶四顾，不知道自己到了哪里。

离岸不远的树林里，木屋的灯光亮了。屋子里面，弥漫着西红柿肉酱拌通心粉的甜香。妈妈在围裙的襟边擦手，呼唤珍妮。

“去把他带回来，吃晚饭了……”

爸爸说：“看起来，今天好得多，早上还听他说，要带珍妮去钓鱼呢！”

“不能信，午睡醒来，他又在找他那片忘了带来的《江南丝竹》呢……”

珍妮一面跳舞，一面奔跑。上个学期，芭蕾舞课的老师，教会她《天鹅湖》那些小天鹅的基本舞步。

他忽然听见陌生的呼唤。

他从公园长椅上站起来，回头。

不远处，一个人影，渐渐逼近。

“他们终于找到我了，要来抓我了……”

他对自己说。

迅速挣扎，准备逃亡，却被什么东西绊倒了。

“你是谁？你们要干什么？”

珍妮到了长椅边上，弯身，取出妈妈交给她的钥匙。天色有些昏暗，她的小手摸索半天，才找到链条终端的锁。他继续挣扎，小珍妮一面寻找锁孔，一面安慰他：

"别怕，爷爷别怕，妈妈叫你回家吃晚饭啦……"

湖岸边的大树林子里面，一只沉睡了一天的猫头鹰，醒来，发出一声吼叫。

白天鹅早不知去了哪里。

《姑苏行》的唱盘，停止转动。

湖水变色，仿佛深潭。

红霞不见了，只留下黑暗，笼罩一切。

二○一○年一月二十一日初稿

一月二十八日修改

二○一二年八月二十日定稿

骨里红

晨起，有些凉风，天灰灰的，太阳不肯露脸，不过气温已经不算太低，可以动手了。他把所有必要的道具从储藏了一冬的车库里整理出来，装进手推车，准备做他每年必做的功课。

腿脚似乎有点酸软，手推车的载重感觉特别明显，整个冬天不曾运动，现在承受后果了。这个思绪，并未停留太久，贴面空气传达的春暖，已经无可怀疑了。

昨夜失眠，偷看老妻的日记。下面这一段，他觉得蛮可爱的：

“报纸副刊出了一个有趣的题目：列举你人生最难割舍的三件事，写下来，过上一年半载，回头看，如果没有任何变化，就证明你是个快乐的人。我仔细想了想，第一是四月难得的不冷不热的阳光，第二是半开的玫瑰，第三却怎么都想不出来。我大概已经是个快乐的人，竟然连舍不得的事情都不超过三件。”

里面没有他，可见他在她心中，已经可有可无了。

这不是挺好吗！

日子过得如此忘我，快乐满载，增一分都嫌多了。

这是他推着手推车一路走向院落时念叨的事。

四月的阳光恰在此时穿透云层，洒在绿篱上方白玉兰将开未开的万千花蕾上，又从枝叶缝隙透下，在那一排留在那里过冬的大大小小盆栽周遭闪烁发光。

第一件事，得把去年深秋覆盖在盆栽上下的大堆落叶清理干净。这活儿并不难，但要小心，大部分盆栽都是原生地在中国的鸡爪枫，冬眠芽刚刚醒来，饱含水分，极为脆弱，如果用耙子耙扫，容易造成损伤。他决定用最原始的办法，就靠十根手指，轻挑慢拣，虽然效率不高，反正，日子长着呢，保证安全就好。回头整枝时，若是关键的芽眼残了，那才难受，根本无法挽救。

他已经完全排除在她的人生之外了吗？

或者，早已成为当然，两个人一体，再也不分彼此？

他把清除了落叶的盆栽提起来，一株株搬到野餐桌上。

手推车里面，大盆套着小盆，一摞摞，是他多年辛苦到处搜罗来的古典式样的陶盆。每年冬藏的手续不能免，如果留在外面，化冰结冰，来回几次，就会开裂。

要是他，最难割舍的三件事，头一件必然是他准备传家的那株老梅。

这批陶盆，应该也在其中。

老梅的年纪和造型，跟那些名品、神品，可能无法评比，然而，即使从嫁接那个时候算起，都三十多年了，何况，当年买到的时候，花圃管理员告诉他，这棵朱砂梅，是由一粒种子生成。从种子发芽、成苗，再芽接到山桃砧木上，恐怕也好几年了吧。

三十年前，他们家添了一名成员。儿子的成长，彻底改变了他的思路，功名利禄终于没有任何意义，他的心，不再像风筝一样在天空里飘荡，父亲撒手留下的黑洞，忽然填满了。一线香火这个意念，好像一点也不抽象，一点也不封建，踏踏实实，地基一样，让他感觉自己成为四平八稳的一座建筑。

老梅跟儿子同一年进入他的一线香火世界。有一种仿佛命运的重量。

也是春天的早晨。

天蒙蒙亮，一夜无法入眠，没有叫醒熟睡的她，他决定出门。襁褓中的儿子，依偎着母亲。

儿子刚刚出生，然而，他跟她的关系面临破灭危机。

先以观光客的身份，各处看看，回来后，再做决定。这是她的底线。他不能不答应她，虽然暗中筹划回国教书的事，早已布置妥当，对方只等他回信。

从入关那天开始，他感觉得到，她的努力，不过是收集任何证据，借以打击他的信心。他们从深圳吵到广州，从上海吵到北京。最后，他坚持到杭州一游，山温水软的西子湖，可能是他最后说服她的希望。

他信步走向湖滨。

湖滨公园到处是晨练的群众，年轻人打形意拳、慢跑，老年人跳交际舞、唱戏，他匆匆避开，径自走向断桥。里西湖的荷花新发嫩叶，杂在去年遗留的断梗残叶中，尚未脱离水面。他顺着湖滨前行，漫无目的，脑子里不断出现离家出走的意念。也许，自己先回来，三两年后，工作和生活安顿好，再团聚？也许。等到他穿过西冷印社，爬上孤山，才发现周遭已是一片梅花树林。

开始只见颜色，然后是香味。他就近寻得一块青苔满布的磐石，坐下不久，胸中便只剩梅妻鹤子香雪海。

那天，一反初衷，他提着那株骨里红回到宾馆，忽然觉得，有家真好。

巧遇那位跟他同乡同宗的苗圃管理员，或许也是命运。老徐六十出头，是个下放的教授，起初态度冷漠，对他的攀亲问故，毫无反应，听说他是美国回来旅游的台湾同胞，态度才改变，不但介绍养梅的知识，毫不藏私，而且热烈打听有关美国和中国台湾的一切。知道他回国服务的计划后，却突然冒出这么一句：

“不要回来！”

他的回国计划，当然不是这么一句话便给打消的。

表示热情欢迎的那间大学，响应中央下达的干部年轻化政策，换了党委书记，毫无挽回余地，把他除名了。

太阳渐渐移向中天，热度散发，他感觉额头有汗，微微沁出。好在，功课就要做完了。

每年初春的这项功课，骨里红老梅桩的整枝摘芽，总是留作最后一道工序。无他，最严肃的事，最后做，是他多年培养的习惯。当然，劳动了一个上午，这个时分，手最熟练，头脑也最清醒。

骨里红的生长习性与众不同，木质部的朱红固然特殊，但喜欢在长枝着花，花蕾不多。若是仅留长枝，整体形态便失去清奇古怪；截长取短，又可能枝繁花疏。如何得其中，就需要仔细研究。

把老梅桩端上野餐桌，给它配上最心爱的古盆，细心填上他精心配置的细沙壤土，再抓一把揉碎的青苔，洒满钵面，然后喷水。他绕桌从四面八方观察，发现去秋因虫蛀不幸夭折的那根长枝处，过冬以后，居然有出芽发枝的倾向。这一喜，非同小可。株形残缺的丑恶记忆，这下可有了平衡弥补的希望。

楼上的窗子忽然开了，老妻露出近来少有的一张喜气洋溢的脸。

“儿子刚来电话，他媳妇怀孕啦，你要做爷爷了。”

手中花剪落地，他的眼角余光，看见一只翩翩飞舞的粉蝶，翻过绿篱，无声无息，悄悄移近。

二〇一〇年二月九日初稿

二〇一二年八月二十日定稿

青红帮

深夜，床头的电话铃突然响了，而且，久久不停。如果没有急事，大概不会这样坚持吧？虽然老大不愿意，但折腾了一天的乱糟糟场面，马上回到眼前晃动。迷糊中，我披上睡衣，拿起听筒。那一头，传过来尚清干哑的低音：

“他们决定拔管，他走了。”

我这才完全清醒。

“就跟你提一下，有这么一件事，你也不必跟别人说，”干哑的低音持续，“拔管后，我回病房看他，发现眼睛没闭，眼泪流出来了，想想，如果他还有意识，听见他们讨论拔管，却无能为力，我怎么都无法平静。”

窗外一片漆黑，看表，快三点了。我算了算时间。

离开医院是十点前后，医生召集家属开会，我不得不跟义宏道别。尚清想知道结果，待在楼下的大厅里，坚持不走。照他的说法，拔管应该在十二点以前，这样算，义宏离开人世，或者已经三个小时了。

那么，尚清活在这个无法去除的恐怖意念中，也有三个小时了。

这三个小时，除了这说不清楚的恐怖，他还想了些什么?

我猜不透，却记起尚清跟我谈过的奇特经验。

多年前，他父亲跟义宏一样，中风之后，成了植物人，熬了半年，突然一天，醒过来了，而且说：“听你们跟医生讨论拔管的事，可把我急死了，我拼命挤眉弄眼，怎么就没有人看见呢?”

“幸好是我坚持。”尚清的故事，是这样结的尾。

我知道，如果他还是这样想，那就没完没了。我决定解开他心里解不开的结。

“这是物理作用。”我说，我相信我说这话的口气，不容怀疑，“鼻孔和嘴巴塞满塑料管，对泪腺造成压迫，管子拔掉，压力消失，眼泪自然流下，不过如此。”

希望挂电话后的尚清从此安心睡觉，却不料，自己反而再也无法入睡。

满脑子想的都是“青红帮”。

那一年暑假，我上山打工，在纽约北边一百多英里的一家度假旅馆的厨房里，第一次结识“青红帮”，而且，因为彼此都有点公子落难的情绪吧，从此成为一辈子的莫逆之交。

旅馆的名字叫作“协和”，那时候，巴黎、伦敦飞纽约的同名超声速飞机尚未开航，不过，我相信，我第一天报到的那种既兴奋又惊讶的感觉，绝不下于第一次坐上这种飞机的乘客。他们大概以为进入太空舱，我则好像到了后现代的大观园。

这是个专为犹太人度假需要而创办的巨无霸综合消闲设施，除了上千间客房，光是室内网球场就有二十座。此外，在适当的地方，配置了大小会议厅、酒吧、咖啡座、游泳池、健身房、桥牌间、麻将室（我那时才知道犹太人也打麻将，而且，一样疯）等等。跳舞和音乐演奏的地方，当然更不在话下。这还只是大屋顶下的寻欢作乐内容，建筑物和大草坪外面，方圆几十里，穿插在树林、草原和湖滨各处，还有供客人散步、骑马和踩自行车的便道和小径，不用说，湖中布置着划船、滑水和钓鱼的水上活动设备，沿湖迤逦展开的高尔夫球场，更是一流名家的设计。

报到后的那天下午，我在天堂到处探险、游玩、徜徉；第二天开始，便进入地狱，先接受培训；第三天，直接送上了火线。

我们的火线，在每日三餐的厨房和餐厅之间。不要说那场面有多大，只消说，在领班的吆喝胁迫下，有时送一道汤，来回一趟，便像跑了一趟百米冲刺。

应该说是心理上的百米冲刺吧，因为，那个领班，高大肥壮，在你面前一站，就像面对金刚。不知什么缘故，黑金刚对待我们华人，特别挑剔。也许是华人的身形天生矮小，也许是我们之间从不讲英语，也许是他从白人那里感受的压迫，需要找个转移的出口，总之，火线之所以成为地狱，根源就在他。

跟尚清、义宏相识，就是地狱生活开始的那一天，因为都是台湾来的，一开口，便认同了。受训的还有几个别地来的华人，在黑领班的虎威下，很自然也就混在一起；但那时，还没有所谓的“青红帮”。“青红帮”的出现，是地狱生活差不多一个月以后“出事”的那天。

那天晚上，放工后，宿舍里面，有场讨论。有人主张向餐厅经理反映。有人说，索性集体罢工。但不少人顾及后果，怕丢饭碗，不免犹豫。最后，义宏自告奋勇说，都不用啦，交给我办吧。

半夜时分，在厨房后面的树林里面，尚清和义宏两个人，合力把黑金刚放倒在地，狠狠修理了一顿。我不知道，他俩靠什么手段制伏那头野兽。目击者说，交手没几个回合，义宏就把“它”的膀子卸脱臼了，“它”躺在地上哀叫。尚清马上把事先准备好的麻绳拿出来，威风凛凛的黑金刚，转眼变成一颗五花大绑的粽子。

从此，“青红帮”不仅在我们华人当中树立了威信，连其他一道端盘子、洗碗碟和打扫清洁的，都仿佛有了点依靠似的，团结起来了。黑胖子吃了暗亏，不敢上告，从前那种嫌慢便踢屁股、高兴就摸头叫“好孩子”的作风，全不见了。

我曾经问过义宏，那黑胖子怎么这么好整？他说，你不怕死，他就怕。我也问过尚清同一个问题，他却说，打完了，义宏对软瘫在地上的黑胖子说：“你去告，我了不起被炒鱿鱼，你呢，保证你至少瞎一只眼睛！”

那是我第一次明白，两个人之间，但凡干什么事，不仅合作无间，一条心，而且，干的时候，仿佛下意识地遵循着那么一层主从关系。

下山之前，这个主从关系就更清楚了。

两个人，闹了一场。本来跟我无关的，我也不必知情，但义宏主动找我交代，要我以后帮他照顾这位小老弟。

为什么要我做本来该他做的事呢？

我这个人，确实有点迟钝，得到这个时候，才有点明白，才想起来，华人圈里面，不时有些耳语，此外，他们两个老喜欢在难得休息的时候，悄悄跑去划船，跑去树林里边，有一次还给我发现，两人坐在湖边的长凳上，尚清的头，居然倚在义宏宽阔的肩膀上面。

一年后，义宏成家了。婚礼席上，尚清喝得大醉，他倒没有闹场。只是，在我送他回小公寓的路上，他瘫在后座，任由我啰唆，一句话不说。

这以后几十年，两个人之间，究竟怎么安排，老实说，我就是再关心，也无从得知，唯一知道的是：一个终生未婚；另一个，在外人看来幸福美满的家庭，在我眼里，总觉得好像只是不得不尽的某种义务似的。

那么，这最后流下的眼泪，是真的吗？

想到这里，忽然一阵冷。

尚清不可能相信我的纯物理解释的。只是他心里的话，即使到今天，也不可能对我开口罢了。我自以为聪明，其实连边都没碰着。

冬天的这个下午，我们在纽约近郊的“羊齿叶”墓葬场，送义宏最后一程。

这是个外观和内涵都比较保持老式传统的墓园。虽说是西方式的，近年来，添置了不少东方味的东西，也许跟永恒入住的东方人日益增多有一定的关系吧。义宏的长眠之地，附近便有一株别名“狮子头”的日本枫树。看外形，应该不到百年，但因为这个品种天生体态苍老，主要枝干偏爱增粗，不喜拉长，因此在短距离内，每每形成扭曲回转的造型，近看时，好像经过“缩骨术”处理，不免觉得像侏儒，有一点让人难受的感觉。然而，如果退后几步远观，特别在这个季节，数不清的短枝细丫形成的繁复结构整体呈现，畸形感立即为一种庄严感取代。

完全可以想象，春暖花开时节，满树软红嫩芽，在那肃然的结构之上，向四外散发有血有肉的光彩。

我站在义宏等待合龛的墓穴这边，隔着哀悼的人群，远远看见那棵如今褪尽红叶、只留骨架的“狮子头”，感觉自己内里，好像有些杂七杂八的什么，正在自行反刍。

我呆呆地望着“狮子头”，越来越无法平静。暮色苍茫中，“狮子头”庄严肃穆，又不时微微露出近乎狰狞的样貌。

胸臆中，不同神形的“狮子头”，反反复复，交替出现。

仪式进行到结尾，我都不太自觉。

然而，就在人群快要散光的时候，两个黑衣人，一男一女，出现在视线内。

一个是尚清，另一个，我突然意识到，竟是义宏的遗孀，是我们一辈子连“大嫂”都叫不出口的那个女人。

两个黑衣人，居然拥抱在一起。而且，我亲眼瞧见，尚清背部的大嫂的手，轻轻拍抚着。

这一次，是我的很不像物理作用的眼泪，即将夺眶而出。

二〇一〇年十二月十日初稿

十二月二十四日修改

二〇一二年八月二十日定稿

从心所欲

（仿鲁迅《在酒楼上》，错其意行之）

近些年，每次从北京回来，心里老是堵塞着什么，荒荒的，好像面对高墙，有点无从入手因而无法一窥堂奥的感觉。人都说，如今的北京，三日一小变，五月一大变，连当地人都跟不上形势，何况外人。这个说法，坦白讲，不能心悦诚服。对于日新月异的变化，耳闻目睹，自然不能无动于衷，却总觉雾里看花，那层“隔”，不是因为“内外有别”，终究还是由于没有正确掌握变化的规律，是这么个道理吧。

这一次到北京，我想，也许找个老朋友聊聊，说不定能帮我解除始终盘旋心头的莫名遗憾。

于是，我给老许打了电话。虽然多年不见，自觉相当唐突，但老许的反应，的确超出我想象的热烈，让我放心不少。

记得他是在二十世纪九十年代初决定去北京的，那时候，朋友们对老许的决定颇有微词，然而，他说：此时不回，更待何时！

多少年不见啦？真记不清楚了，其间，记得他回过美国一趟，是为了报税还是什么的，总之，即使在别人家见过，也没仔细谈。那时候，见他的面，仿佛有唯恐被玷污的感觉。不过，日子久了，渐渐地，大家的想法就有了变化。这几年，我甚至听人说：还是人家有眼光，有魄力！

老朋友再次见面，虽然谈不上恍如隔世，心情的忐忑，大概是难免的。我请他选个地方，看来他还挺体贴的，邀我到一家台北风味的品茶兼餐饮的地方见面。他说：那儿比较安静，我们可以细聊。果然，我发现，那家餐厅的装潢和氛围，让我想起永康街，不同的是，它高高在上，在水泥、玻璃、塑料和大理石精心堆叠起来的一座既宽又大的高楼上面。

没有白云，没有蓝天，绿树也只剩一抹，乖乖躺在地下，像一摞孩子们弃之而去的玩具。

窗外，仿佛，红尘一片。窗内，仿佛，香云缭绕。

然而，我们有过共同的历史，我们一道拥有过洛杉矶，一道流离过纽约。现在，命运相约，在拔地矗天瞬间崛起的北京。

灰色的毒雾，同样弥漫在我们走过的三座城市。

从哪里谈起呢？

且先点一杯好茶吧！

“胃不好，我现在只喝普洱，而且要陈年老茶饼磨碎的那种。”老许说。在纽约便听说，他这些年，风生水起，难免心力交瘁吧！

“这儿有吗？”我问。

“你放心，钱买得到的，他们都有。就是没有，我随身包里带着。”

问一旁穿着制服、垂手侍立的乡下来的女孩。居然没有。

那，台湾的高山冻顶乌龙，估计也没有了，我心想。

居然有，而且，据说是阿里山产的品牌。

“我们老板刚去旅游，亲自带回来的。”

小女孩的话音里，透着一丝兴奋。

“拿来我看看。”

倒了一些在手心里，用大拇指搓碎，就着鼻子，闻到的味道并不纯正，不过，好在周遭清静，可以将就了。

“没想到你现在喝茶也这么讲究。”他说。

“你说‘也’，表示你我不约而同，都抛弃咖啡爱上茶了。这不是又走上一条路了吗?”

“没错，记得从前，特别是在洛杉矶那一阵，不是都疯过电影的吗?”

可不是，那些年，虽然同在异国流浪，我们都在莫名其妙地追求，就是到了纽约那种自觉控制着全世界的地方，我们不都还迷恋着练字、写诗、画画？大家都做一样的梦，只不过，浮浮沉沉，谁也做不出什么名堂来，日子就那样过去了。现在倒好，喝茶是没什么成败可言的。

“记得你从前最爱龙井的，什么时候换了口味了?”老许记性真好。

我揭开茶盅盖，虽然不算扑鼻，香味还是可人。

唉，雨前龙井，一枪一旗，温水冲泡，冲鼻一股豆香。再看颜色，那种绿，日本茶道怎么能比。严格说，应该是绿意，不是既烦人又刺眼的绿色。为什么不喝了？说来话长。这么说吧，有一年，机缘凑巧，喝到了正宗的，那以后，市面上遍寻不着，不论挂上什么“特种”“优选”之类的招牌，一比较，便觉混浊。后来才听说，原来正宗雨前茶都必须上交，只有在国宴一级的场合，才有可能喝到。

“可我总觉得，冻顶乌龙似乎有那么一点泥土味，好像没洗干净似的。”

“那你是没喝到好的。真正的高山冻顶，严格说，原产地在台大溪头农场的一小块范围，或者土质、气候条件类似的地方，阿里山只不过名字好听、惹人遐思罢了。”

“好在哪里呢?”

“回甘!”

“除了带梗的烂茶，什么茶不回甘?”

“这就是学问了。真正的好茶，所谓‘回甘’，不只是舌根处一丝甜香而已。要像在冷空气环境里柔柔软软打完一趟太极拳，像窗明几净、心闲意静时写完一张字那样，会有那种浑身上下神清气爽的感觉。”

“噢？你现在还在练字吗?”

“其实一直在练，但练到现在也无法突破前人窠臼，好在我就当在修身养性，能享受就行了。”

“我倒是有点心得，真迷上了，生意虽忙，只要懂得用人，就有时间留给自己。你信不信，这两年，已经有人向我求字呢。”他说这话的神态，煞似一名找到表白机会的情人。他端起茶盅，喝时并不经心，仿佛借此动作，整理一下自己的思绪。

我不觉有点期待，说实话，一下午，第一次觉得，除了叙旧，这次不期而会，说不定真可以有些收获。于是，我说：愿闻其详。

“每一个字，每一笔，都是‘无限可能’！”

他说这话的口气，不像字面上听起来那么“哲学”，也毫无“宣言”的意味，好像在说：常吃豆腐，有益健康。

那么，当年抛下纽约回国闯天下的老许，或许并非如人言可畏的那样“风生水起”，或许，轰轰烈烈的崛起声中，还是有人修成了正果？

我往后靠了靠。不过，心中残留一丝犹豫。

“老实说，听你这么讲，我有点意外。其实，北碑、宋帖、汉隶、秦篆，好歹都模仿过一阵的，总是觉得，无论结字、行笔，首先就要求揣摩前贤的意向，怎么可能‘无限可能’？”

“请问，你多大年纪啦？”

“这是学书的原则问题，跟年纪有什么相干？”

“这把年纪，还顾得上‘原则’？你老兄不免过于迂腐了吧！怎么说呢？对了，你我如今不能蹒跚学步，要‘只争朝夕’。”他忽然提高音量，好像怕我无法领会。

“我问你，你跟你老婆，还敦伦吗？”

虽然已经到了“从心所欲不逾矩”的年纪，这样泼面而来的问话，还是感觉有点招架不住。我假装喝茶。

“不好意思吗？哈哈，我代你回答好了。我老婆早就拒绝跟我同房啦，可是，你承不承认，每隔一段日子，总有那么个三两次，早上热烘烘被窝里，模模糊糊，还有那么点蠢蠢欲动的念头。那你怎么办？”

实在难以出口，我沉默着。但是，他用眼睛盯着我，逼我表态。心里难免反感，悄悄警告自己：“风生水起”的老许，终于出现了吗？

“我想，到了你我这把年纪，大概也撕不下这张老脸，找‘职业的’帮你解决吧。而且，确实也太费周章，又要花钱，又怕得病，说不定授人以柄，还惹上风纪问题，是不是？”

我本来以为，如此悠闲的一个下午，先谈点茶艺、书道什么的，等彼此心情放松，再问问他的北京经验，就可以“不虚此行”了。不料竟落入这么一个毫无转圜余地的死角。

只好找这么一个笨拙的台阶，希望脱身。

“那倒是，人到这个时候，不如自己解决算了。”我低着头，不太敢看他，语气确实是支支吾吾的，早就忘了阿里山冻顶乌龙回不回甘那回事了。

“可是，你如果不解决，不是一整天一整天都好像坐立不安吗?”

抬起头，我突然发现一个从来就不认识的老许。

忽然想到，当年的他，曾经在一次夜会里，朗诵过一首诗。记不清楚是纽约还是洛杉矶，也记不清楚那首诗的内容，只记得朗诵开始前，他公开宣布：这首诗一发表，管叫纪弦、痖弦、余光中之类的，从此乖乖地滚进历史的垃圾堆里啦!

我索性不再争辩，只觉陌生，硬着头皮，听他说他的道理。

“我告诉你吧，既然到了这把年纪，何必那么窝囊！与其自己动手解决，不如养几个‘小秘’，花几个钱罢了。老婆那边，也让她尽量花，大家都满足，大家都自由，日子过起来，既干净又漂亮，就像第九局最后一棒的再见安打，这就是‘无限可能’。写字的道理，不也一样？什么法度，什么神韵，这个年代，这个地方，只要自己有办法，什么奇迹都可以创造!”

忽然，从这座摩天大楼的高度，我开始窥见某种规律，跟老许的“风生水起”，跟高楼四面八方一望无际的由钢筋、水泥、玻璃、塑料和花岗岩、大理石精心堆叠的积木似的伟大文明，约莫联系上了。

接下来两个钟头，他开始滔滔不绝，讲他的奋斗故事，包括开讲坛、上电视、接受专访、发展人脉、调动各路人马……不久前，风险资本基金成立了，他的公司也在上海、香港上市。现在，他其实也不那么忙，几个大码头，轮流转转，视察一下，指点一下，只要用人得当，不要说财源滚滚，连他的“字”，都洛阳纸贵了。

喝茶喝出这样的成果，真是始料未及。

难道我没有任何收获吗？

我没有向他求字，却暗下决心，回家后，还是好好把欧阳询练一练。

终于瞥见了无蚊蝇、无污染、无风也无尘的高楼世界，好像跟洛杉矶、纽约，也没太大不同。

古代人想象的神仙，不就永不衰老地活在那里吗？

二〇一〇年九月十四日初稿

九月二十四日修改

二〇一二年八月二十日定稿

对镜

他面对日历，确定就是今天，心里不免有点发毛，不料更侧眼看见墙上镜子里面的自己。

的确很久没照镜子了。这是自己吗?

开始逐一检查。

首先入眼的是牙齿。

不知道什么时候开始，门面已经变成了这副模样。上排最中间的那颗门齿，醒目突出，也许是因为牙龈萎缩，不该露面的牙根都暴露了，整体便显得特别长、特别大、特别白，张嘴时，竟似卡通片里面上下唇合不拢的那只兔子。不过，兔子有两颗门牙，大小均衡，形状相同，因此看来还蛮自然，甚至有点喜感。他却没那么幸运。特大号门牙两边，一颗只剩一半，另一颗虽然大一些，但似乎遭逢过意外伤害，底边的平行线不见了，斜线还有缺口。伤害发生的时间和经过，早已在记忆中消失。

然后，他看见齿梳夹住的白发。

因为头皮老是发痒，无论什么牌子的洗发精都治不好，他养成习惯，喜欢用女人那种大号篦子刮头皮。一向觉得，这么做，既可对付头皮发痒的毛病，又能解决头皮屑过分嚣张的麻烦，而且，活血醒脑，不免有青春永驻的幻觉。不料，行之日久，傲人丰厚的一头好发，不仅日见稀薄，竟在不知不觉间，变成了黑白黄杂色相间的一头蓬草。

然后是脑门上面的皱纹，整体向下挤压，多余的皮肉，形成了几乎遮住视线的上眼睑，接着是失神的瞳孔，微撇的嘴，松垮的下巴，松垮的脖子。他不敢脱衣。

这一天，是他七十岁的生日。

一个星期以前，半路偷听老伴的电话，听到没头没脑的这么几句。

“算了，算了，别麻烦，他也不见得喜欢，这些天，老是无精打采，好像谁得罪了他似的。”

“那你总不能什么表示都没有吧，老朋友借机会聚聚也好嘛。”

“不必了，真的不必了。”

他觉得无聊，就挂上了。

直到看了日历，才恍然大悟。

然而，一旦揭穿谜底，他的情绪却像开闸放水，简直无法收拾。

别人反而关心，她却拼命阻挡。原来，在她眼里，他已经成了多余的包袱，可有可无，多一事不如少一事。

虽然自觉逻辑上好像不太通顺，他依然闷着一张长脸。屋子里的空气，仿佛回到几十年前吵完架谁也不懂如何让对方下台自己也好下台的模样。

就这样，过了一个礼拜。

好了，现在终于必须面对。

一大早，老伴用若无其事的口气跟他说：晚上约了人来家搓麻将，你如果嫌烦，吃过饭自己去看场电影吧。

他没搭腔，却有了决意。

趁老伴在后院收拾东西的空当，他开始迅速整理行李。

内衣裤三套应该够了，了不起隔天洗一次，晾在浴室通风处，过夜就干。衬衫长裤各两套，加上毛衣夹克和袜子，小皮箱还有不少空间。他在厨房柜子里找到一个大玻璃罐，将一个礼拜需要的各种维生素、关节补强药、深海鱼油、银杏制剂、儿童阿司匹林、姜黄素以及降血压、降胆固醇、降血糖的所有药丸，一股脑儿全部塞进玻璃罐，再放入梳洗用具包。发现还没填满，才忽然想到，总该带几本消闲的书吧，否则大把时间如何消磨？总不能成天散步看电视嘛！随手将床头柜上的《三国演义》塞进皮箱。

车子滑到马路上，才忽然有点不忍，掉转车头，回到家门口，加写了一张字条，留在信箱里。每天下午三四点钟，她习惯取信，到时明白他已不告而别，也就可以了。

字条是这么写的：

“出门散心，一礼拜后回来。”

虽然是乍暖还寒天气，公路两边偶尔出现的柳条，已经换了颜色，介于金黄翠绿之间，显然是冬眠芽被近来的阳光雨露暖风催开了，新生命正在探头向外张望。

看见新绿，无形中，心情开始变化。他并不自觉，只顺手按下按钮，找到了久已不听的古典音乐台，正好播放着《莫扎特第五号小提琴协奏曲》，他的心情又往轻快的方向一跃。

路程不算远，不到两个小时，他已经在那条山道上往高处漫步攀登。

他估计，一个小时应该抵达山顶，不妨盘桓到日落，再回旅馆。叫一道墨鱼通心粉，一瓶冰得恰好的白葡萄酒，慢慢享受。如果这样还是睡不着，那就看《三国演义》吧。只不过，这种时候的心情，究竟应该看哪一章，却想半天拿不定主意。舌战群英、赤壁鏖兵、草船借箭，那些热闹的，未免让人兴奋，那就比咖啡更有害；败走麦城、泪斩马谡、丞相归天，又未免过于消沉。唉，管他呢，就看三顾茅庐吧。反正，明天一早起床，租部脚踏车，随心所欲，到处逛逛，一切都按照计划进行。

不料到了山顶，天气起了变化。

山下浓雾往上席卷，山顶乌云开始蔓延。身上衣服单薄，不得不违背初衷，提早下山。跌跌撞撞往前奔，忽然一脚踏空，失去平衡，人便像自由落体一样，栽倒在陡斜的山上……

一定要他们后悔，他对自己说，一定要挨到他们后悔，否则没脸回去。

流浪了两天两夜，居然没有人找他。

第三天傍晚，他悄悄从厨房后门摸回自己床铺。隔着纸拉门，他听见姆妈对老爸说：下手那么重，就是我，也永远不要回来。

醒来的时候，发现浑身湿透，雨下着。

回到家，先查邮箱，那张留条，加上今天的邮件，没人动过。他想，还好她忘了取信。这样的话，就说自己去看了两场电影吧，反正她也不会在乎。

然后，推开门，屋里漆黑一片。正要开灯，忽然灯火通明，七八上十个声音齐声大吼：

"Surprise，生日快乐！"

二〇一〇年四月二十日初稿

八月六日修改

二〇一二年八月二十日定稿

处处香

媳妇怀孕的消息，像颗炸弹，投入他俩静如止水的生活。

他的反应还算正常，开始有点麻木，似乎不太明白究竟发生了什么事情。等到那消息所代表的实质意义逐渐具体显现出来，他好像已经过了适应期。

每天起床，依旧按照习惯，打拳、浇花、写字、吃药，只偶尔在上洗手间的空当，忽然冒出这样的问题：该给取个中文名字吧？

她却马上换了个人！

一开始，便简直不成体统。平常该做的事，虽然照做，但完全心不在焉。炒菜忘了放盐，出门不关火炉，头顶着老花眼镜找老花眼镜。这些还不算什么，最可笑的是，六十好几的人，走路像是脚底起了泡，蹦呀蹦的，跳啊跳的，跟幼儿园唱游课堂上花枝招展的小朋友一样，嘴里还迷迷糊糊哼着：

“雪霁天晴朗，蜡梅处处香，骑驴……”

快一个礼拜了，中文名字还是取不出来。勉强完成一半任务，决定从他的孙辈这一代开始，不再顺从宗法社会的传统，把代表辈分排行的那个字，取消了。因此，他觉得，当年无法违逆自己父亲因而没给儿子取个单名的遗憾，这可得到满足了。

单名多好！《水浒传》《三国演义》那些人物，都是响当当的好汉，光听名字就知道了！

他于是把尘封多年的《诗经》找出来。

大家族早已淘汰，宗法社会那一套，今天固然不再适用，然而，祖宗文化的精神传承，如何抛弃？更何况，他一向认为，《诗经》《尚书》一类古代典籍，基本都是先民集体记忆的活生生印记，为自己的孙辈寻根溯源，该是义不容辞的吧！

不料，连续选中的三个字，都分别以不同的理由，遭到否决。

第一个字，台湾的妹妹电话反对，理由是：算了笔画，不吉利。

第二个字，儿子来了电邮：他不喜欢两个字都是第二声，读起来不顺。

第三个字，她委婉而坚决地说，你再仔细想想。

她自己的行为，却在一段混乱骚动后，仿佛尘埃落定，变成一种无可动摇的承担。她开始有计划、有秩序地为媳妇的产前产后生活，预作安排。

儿子的住家，在另一个州，坐火车需要转车，不太方便。自己开车的话，也要两小时左右，视当天交通情况而定。这就立刻决定了他的命运。名字尚未取定，她已当面宣布：孩子生下来，你得设法照顾自己，我要搬过去住了！

然后，电脑上收到了媳妇传来的超声波造影：他们家迎来的第一个第三代，是个孙女！

迄今为止，所有预定的中文单名，都选择了雄赳赳气昂昂的字！

为什么他的潜意识里，居然毫无怀疑地确定是个男孩儿呢？

尤其严重的是，他开始意识到，如果她必须搬过去照顾新生的孙女，恐怕不是三两个月就能解决。媳妇年轻，不可能放弃工作，产假过后，做婆婆的就得全天候接班。这就不是半年一年的事。

一个孩子生下来，你至少得陪伴五年时间。这是育儿专家的名言，也是他自己的经验。

他发现，如今具体面临的，绝非取个中文名字那么单纯好玩。

圣诞节到新年那个长假期，他们在儿子家里团聚了一个多礼拜。

那几天，他只勉强接受一项任务。任务虽然简单无比，但他相信，那是儿子跟他母亲两个人商量好了的小小阴谋。

育婴房首先必须清理打扫，他不想参与。

媳妇害喜，又兼挺着大肚子，不方便劳动。重活便都由母子两人分担。房间原有的家具全部搬出来，有的安排进别的房间，有的干脆当废物扔掉。打扫干净之后，墙壁需要重新粉刷，地板吸尘打蜡，整个房间消毒。两个人从圣诞夜忙到除夕，一次也不来叫他，他也毫无愧疚感。

他隐隐感觉重心转移，在抗拒与顺从之间，无所适从，把一大本《诗经》连带详细的注释，全部读完，依然找不到任何灵感。他先从草字头的那些兰芷香草的名字里面寻起，又在斜玉边的那些古色古香的礼器名目中挑拣斟酌，结果呢，要不是字形过于复杂，便是声音不讨人喜欢。

他终于明白，他所以无法顺利找到自己第三代的正确名字，没有别的道理，只因为他心中根本无法确定，这即将来到的小生命，对他而言，究竟意味着什么？

新年早晨，儿子将一个纸盒交到他手里。

盒子里面有八个英文字母，木头雕刻的，上好了颜色。

儿子说，请爷爷用胶水贴在孙女儿未来生活成长的育婴房里面。

他第一次走进那个房间，首先闻到一股应该是油漆和涂料的混合气味。他不知道儿子和媳妇在哪里找到这种配方，混合的气味很特别，一点都不刺鼻，反而有淡香，像春天雨后初晴的新割草地，像散步进入绿荫蔽天的树林。

他在窗帘拉开的大幅玻璃上方找到一面粉壁，用尺量好位置，然后，细心而虔诚，将那八个英文字母按照顺序一一粘贴妥当。

过程中，他感觉自己生命的某一部分，跟那个现在觉得已经熟悉的英文名字，互相有了说不出的某种粘连。

儿子又说：这边墙壁，想不起来如何布置，宝宝的摇篮就在这里，她的眼睛睁开后，第一眼看见的，或许就是这面墙。老爸，你能不能为她写一幅字呢？

经过差不多一个月的努力，终于勉强交出了作品。

那幅字，算不上什么书法作品，但他写完那天，确实感觉气定神闲。

或许根本与书法无关。

那天早饭后，照例打完一套杨式太极拳，他对特别给他送来一杯高山冻顶乌龙的她，忽然感到一股久已陌生的难舍情分。未经大脑，便冲口而出：

“咱们搬家吧！孩子既然没你不行，那就卖了这里，到他们那儿附近找栋小点的房子，收拾起来省力，来往也方便！”

那天晚上，她这才把她几个月来悄悄准备的那个本子让他欣赏。那里面，有宝宝的超声波造影，有她爸妈的结婚和蜜月照片，有奶奶，有爷爷，还有叔、婶、姑、表，而且，每一页，都亲笔绘制了奶奶最喜欢的花花草草。

他的所谓书法，写的就是奶奶当初迷迷糊糊哼着的那首歌。那连续四个“响叮当”确实不好表达，每个字都有四种不同写法，可是绞尽脑汁，翻遍碑帖，才搜罗齐全的。

作品规格稍有不同，代替题款与印章的，是这么八个字：

爷爷练字

宝宝听歌

二〇一〇年二月二十七日初稿

二〇一二年八月二十日定稿

西湖

事情都从西湖开始。

那是尼克松访华后的年代，“文革”已近尾声但海内外却很少人察觉的年代。因缘凑巧，我跟翔和在杭州的华侨饭店不期而遇。那个年代，获准回大陆探亲的海外华侨，人数不多，台湾出身的，就更屈指可数了，而我们两个，差不多二十年没有任何来往，却在同一天到了西湖，又在湖滨的饭店餐厅里面，碰见了。

若不是翔和发脾气，跟服务员吵架，我想，那天我未必就敢认他。他正在火头上，当然也不会注意我。彼此的脸型也许改变不大，身材早已不是当年成功岭时代的模样，但他虽然变成了个矮胖子，吵起架来，指手画脚、口沫横飞的态势，仍不减当年。我于是大着胆子，试探：

“是翔和吗？三连二排一班十一号？”

半天没有动静，我以为自己认错人了，有点尴尬，吵架的场面倒因此冷了。

那男子还在继续攻击：

“什么态度，你这是为人民服务吗？”

面色紧绷的女服务员，一面退回厨房，一面回嘴：

“不吃拉倒，八点关门，什么都没了。”

接着，老朋友的口吻，让我从多少有些犹豫，立刻变成惊喜。

“二号？你这些年，死哪儿去啦！”

那天晚上，我们在“楼外楼”喝了个痛快。

当然，那时候的“楼外楼”，也不怎么样，就是特别招待外宾的楼上“雅座”，桌面油腻腻的，满地碎骨烂菜香烟头，服务员的脸色，一样大义凛然。

我是当天上午到杭州的，宾馆报到，撂下行李，就迫不及待出游了。

多年魂牵梦萦的西湖，没半天就索然无味。为什么呢？

没在那个年代亲历西湖的人，是无从想象的。

那半天的西湖独游，只能用“心惊胆战”四个字

2017-5

形容。

偌大的西湖，游客寥寥无几，除开船工，几乎一无例外，都是外宾华侨。怎么知道呢？很简单，穿着打扮，把西湖里外的所有人，分成截然不同的两类：有颜色的和没有颜色的。所谓“没有颜色”，也不尽然，应该说是灰、黑、绿几个单色吧。

更让我吃惊的，是“单色族群”脸上那种木然的表情。湖边蹲着游手好闲的，店铺里面管理买卖的，马路上排队行进喊口号唱军歌的，好像全按照某一天书操演与己无干的故事。山光水色依旧，但是，看到的人，异样陌生，让我有点怕怕的。

我到处逛了一圈，越来越觉得自己孤魂野鬼一样，无端坠入醒不过来、无法逃离的梦魇。

不过，从第二天开始，我的心情出现了意想不到的变化。

应该说，从巧遇故友那一刻，变化就开始了。

因为白天的经验，见到本来并无深交也鲜少往来的朋友，仍觉特别温暖，简直像得救了似的。

然而，这个“救赎”，又不太可靠。原因是，交谈中，翔和透露，他这次的杭州行，是来相亲的，虽邀我同游，我不免犹豫，怎么能做电灯泡呢！

第二天一早，我更后悔答应他，但我脱身不了。因为，他说：对象是亲戚介绍的，从没见过，听说一心为了出国，你帮我出点主意嘛！

根据前一晚商量好的计划，未来三天，翔和坚持：你就跟我走吧，这里，我熟得不得了，保管你愉快尽兴……后来我才知道，他所谓“熟得不得了”，是因为他约好的向导，就是他的相亲对象，是杭州土生土长的。

这是我第一次见到云英，也是我第一次感觉，尽管时代凶险，大环境暴戾恣睢，还是有些东西，似乎永远扑灭不了。

是因为山温水软的西子湖吗？

云英是杭州艺专的毕业生，父亲是该校教授，虽与徐悲鸿都是留法的，但他的画风，接近后期印象派，始终拒绝写实路线，如今打入了牛棚。

一见面，云英介绍她自己说，她一辈子从没离开杭州，连近在咫尺的上海都没去过。这在那个红色年代是难以想象的，难道席卷全中国的红卫兵串联活动她都置身事外了吗？现在又动脑筋，想出国，这不是有点奇怪吗？受人之托，我心里存着这个问号。不过，这个问号，没半天，便释然了。虽然初次见面，我完全相信她用不着说谎，她是我见过的大陆女子中最不“大陆”的女子，外形给人的感觉就一见难忘。那时代的大陆女子，基本分为两大类型，一胖一瘦，胖的都显浮肿，瘦者则干硬。云英属于后者，但跟这两类人不同的是，她虽瘦却毫不枯燥萎黄，好像汲取营养无须外求，内敛而自足，别有一种滋润。皮肤下固然隐约可见淡青血脉，却似深秋红枫，叶脉与叶色浑然一体，反把她的肤色衬出一种幽幽的光辉。一旦看到这种只能在暗淡背景中显露的光辉，她的五官四肢、身材体态便让人觉得特别舒服，就像在博物馆观赏玻璃柜中珍藏的古瓷，一面被深深吸引，同时又不免担心，如此稀有又如此脆弱，能永远留住吗?

同游一天之后，我的印象更让我自己都不敢相信了。这样的年代，这样的地方，怎么还有这样的人活着？大概要到若干年后，在香港的杂志上读到《傅雷家书》和杨绛的《干校六记》，才算是有些理解。

我们三个人，由云英带路，在西湖玩了整整三天。三天里，云英主张，名胜古迹就不必看了，雷峰塔倒塌未修，岳王坟遭到破坏，封闭了。灵隐寺只剩空壳，既无和尚，也无香火。苏小小墓早就刨了。孤山梅花已谢，西泠印社残破不堪。苏堤倒是顺路走了一下，季节已过，桃李无花，只剩烟柳，其实远观更好。恰好是六月天，我们就看了三天荷花。

也许因为还有生产价值，虽在“文革”动乱期间，西湖的荷花保持完美。

据云英介绍，西湖赏荷，主要三个地方：别号小瀛洲的三潭印月，岳王坟与苏堤之间的曲院风荷，以及距离最近的白堤与里西湖之间的湖滨马路一带。因为只有三天时间，我们就按照距离远近，逐片赏游。

三片荷塘风味不同。里西湖一带，须黎明即起，划小艇，过断桥，系舟孤山放鹤亭下，上岸入亭，躺藤椅上，吃软红藕粉，饮碧绿豆香龙井。早餐伴随荷香阵阵，但天色愈明荷香愈淡，所以非早不可。天色未明，我们就在云英事先安排好的码头上船了。

第二天游小瀛洲，上岸后，过九曲桥、十字亭，便可见处处叶田田而花亭亭，最意外的是，湖楼上，陈承鋆所书名联“四面荷花三面柳；一城山色半城湖”居然逃过浩劫，只是字迹略剥落。那里吃到的熟藕，藕孔中填满糯米，蒸热后切片拌糖，松软可口，有一股清香。

终于在第三天出游的曲院风荷见识了云英特别推荐的“并蒂莲”。我们看到的不多，而且，都是粉红品种。她说：杭州人一向把一枝两蕊的白荷看得最为珍贵，只可惜这几年，稀有品种不知怎么的，好像知道世道人心似的，都拒绝开花了。

三天相处中，这可能是她说过的最激烈的话。

即便带着些抱怨的语气，听到后，并不觉得刺耳，反而有点像柠檬茶，微微的酸味，更觉隽永。

岁月蹉跎，“文革”时代的西湖游，虽然短暂，却永远有个不可磨灭的印象：一想到西湖，眼前便是荷花，而云英与荷花，尤其是并蒂莲，仿佛无分彼此，成为融合的影像了。

然而，正因有此自觉，西湖别过之后，便主动减少了跟翔和的联系，即使他找我，我也尽可能推托，不久就不再来往了。但我确曾收到过云英的两封来信。第一封只是平常问候，我没回。不久又收到一封，这封信，我至今还保留着。

终于听人谈起，翔和费了九牛二虎之力，一直闹到最高层，才获得批准。至于他们的婚礼和婚后情况，我都不太了然了。

现在重读云英的那封信，发现字里行间，隐约埋藏着一些消息。

信一开头便提到：“杭州数日相处，谈得非常投机。”当时以为只是客套，不曾往深处想。读到翔和的那一段，更加明白。她写道："我跟他好像不是一类人，也对他的直来直往脾气，有点害怕。"

那么，她确实是在何去何从的重要关头，试探着，向我求援了吗？

可是，我也自问：我能够像翔和那样，不怕任何困难，一往直前，不达目的，死不甘休吗？

我相信，我大概是做不到的。所以，这封信，我也没回。

我跟云英，后来又见过两次。

第一次，是她嫁给翔和不知多少年之后，我鼓起最大的勇气，到医院去探望中风病倒后坐在轮椅里面的翔和。云英送我出来，我们在那个病人晒太阳的长椅上，坐了几分钟。那几分钟，真比一生还长。两个人都沉默着。然后，她说了这么一段话：

"现在，我总算可以爱他了。他是那么无助，完全没有希望。"

我心里不觉绞痛，却什么也没说。

再一次见面，是在海外华文报纸上刊登了华人圈为之骚动的"自杀殉情"新闻之后，在云英、翔和的共同葬礼上。棺中的云英，化了妆，白里透青的脸上，虽略施脂粉，仍然像一朵纯净素白的荷花。

既无天灾，也没有人祸，那两天，“殉情案”成了头条，着实取得轰动效应。记者的生花妙笔，把一对老夫妻的非自然死亡，渲染得凄艳绝美。警方的调查报告，似乎配合着这种逻辑，现场没有任何挣扎痕迹，两人的胃液，都查出致命剂量的毒药，来源毫无疑问是翔和，他原是化学专业。遗书虽是翔和一人的手迹，但云英确在书尾签了字，因此根本排除了他杀嫌疑。

报上翻印了遗书，字迹看来相当冷静，反映了决心。内容也简单，只说“我俩自愿结束生命，与他人无关”云云。我相当肯定，云英签字时，也一样冷静。

然而，这个“殉情”的说法，我无论如何都难以接受。头条新闻，从来不问也看不见新闻背后那只巨大无形的手。而我，却像一个小孩，第一次看见玻璃酒瓶里帆桅齐张的海盗船，不能不问：这条船，怎么开进去的？

这是完全看不见任何外伤的死亡。海盗船进瓶、张帆、封瓶，应该有个过程，这个过程，必然复杂，必须准确，我无法理解。

云英没有留下任何遗言，一切无法追寻。

我不知道他们的最后一夜是怎么过的，不过，我的感觉自己很清楚，这些日子来，我经常看见，云英的颈部，留有化妆难以掩饰的指痕。

是翔和的手指，也是我的。

二〇一〇年十二月五日初稿

二〇一一年一月二十八日修改

二〇一二年八月二十日定稿

老龚

我不能确定，老龚跟我，算不算莫逆之交。但我们曾经共过患难，而且，在彼此长期交往的过程中，虽然从不通信，却总是想方设法通个气儿。只要到他的地盘，虽然有别的朋友，首先想到的，必然是他。同时，我相信，如果是他，肯定也一样。

这是一种什么样的交情呢?

好像三言两语说不清楚。

先说说那两年共患难的经过吧。

二十世纪七十年代初，我在纽约某国际机构服务，由于业务上的联系，认识了从北京来的老龚。

我们之间的来往，纯粹基于职务需要。见面寒暄，也许绕点弯子，很快便进入主题，谈完再见，根本不会涉及任何公事以外的私人感情。因此，差不多一年时间，我们维持着职业上的对口关系，我只知道他有点山东口音，他知道我老家在湖南，此外一概不知，他不谈自己，我也不问。

所以，虽然常常接触，交朋友的念头从未出现。他呢？更不可能动念吧！可是，来往多了，似乎有种感觉：文化历史背景南辕北辙的两个人，却不难沟通，有时候，甚至可以说，还有点默契。我很容易揣测他的底线，他也会突然说出我尚未准备开口的话。因此，当这样的事情发生时，彼此不免莞尔一笑。

也许，跟我们的职业性质有点关系。

事实上，我们第一次接触，虽然处理中毒事件，难免紧张，但整个过程，还称得上轻松愉快。

那时候，他们进驻纽约不久，突然有一天，我的办公室收到报警电话，由于我以前经手过类似的案子，加上我的台湾出身背景，语言上容易沟通，这任务自然落到我头上。

老龚领我仔细检查了他们的食物和饮用水流程，从采买的市场来源到厨房的操作，都彻底清查，看完中毒者的诊断报告，我很快做出结论：这起中毒事件，与他们暗中怀疑的“蒋帮阴谋”完全无关，其实不过是水土不服罢了。那些年，不少国家的代表团人员，初来乍到，往往发生这种意外，消化系统不适应，加上陌生、焦虑和劳累，不免腹泻、呕吐、头痛、发烧，当然，一下子倒下十几个人，怪不得他们疑心重重了。不过，这种情况，是不是跟“文革”期间的普遍营养不良有点关系呢?

我还担心，老龚如果知道我是在台湾受教育长大的，岂不更要胡思乱想?好在，究竟是北方汉子，又是干我们这一行的，不该问的，不会啰唆。

那两三年的接触，基本都是公务，但相处日久，彼此更熟，也有些“出轨”的地方。例如有一次，他便用像是开诚布公又带点玩笑的口吻说：要不是你多少有些湖南口音，真以为你是潜伏的呢!

没料到，湖南口音竟然有这么大的潜移默化作用，我想。当然，这也让我明白，他们早就把我的底细摸透啦。

不久就发生了唐山大地震等一系列重大事件。

我跟老龚之间每隔三两天必见的例行公事忽然断线了。

他不再主动联系，打电话过去也不接，不但他不接，连接了电话的人，说话都有点莫名其妙，就好像一切公务都停顿了似的。偶尔也会在我们大楼的电梯碰到，除了客套，啥也不说。

这个闷葫芦，要到“四人帮”被捕，正式宣布“拨乱反正”以后，才算揭开谜底。

我们在酒吧见面，那天，绝无仅有，他抢着付账。

“生死交关呢，成天抱着短波收音机听消息，哪有闲工夫跟你联络，你不介意吧?”

在纽约的花花世界里，谁想得到那段时间中国的情形！现在回想，那不就是我们之间友谊的开始?

我们所共的“患难”，性质确实有点特别。

我的祖籍原是湖南醴陵乡下的大户人家，世代官宦，书香门第，累积了不少田产。新中国成立后，祖父给划成大地主，土改期间被打倒，家业全部没收，自己仅以身免；更由于我父亲跟国民党去了台湾，历次运动都得受罪，终于在“文革”初期自我了断。

所以，从私人方面说，我不会忘记这段惨痛家史。然而，我的公务立场呢？北京来的老龚他们却是我的服务对象。

老龚的身份和处境，恰恰相反。

鲁东山旮旯里出身的佃农，在饿得半死的状态下给共产党的游击队救活了，就这样一辈子跟定了解放军。解放军给他饭吃，教他认字读书，给他工作，给他希望和理想，直到退伍复员，又在党的照顾下，接受培训，参加了保安工作。如今，他面对的我，从他的理解来说，不正是压迫剥削他好几代人的“阶级敌人”吗？

奇怪的是，一旦明白了彼此的身份，不但没有仇恨，反而成了可以坦白交谈的唯一朋友。我服务的单位，没有人能理解我胸中无法清理的家国历史恩怨情仇。老龚呢？他那时候的满肚子狐疑，也没有任何人能谈，更不敢跟任何人透露。只有我，他的“阶级敌人”，知道他在想什么；也只有我，能够分担他心头的重负，而且，我又不属于他那个圈子。

就因为彼此的生活环境里都找不到可以真正谈心的对象，两个“阶级敌人”居然成了患难之交。

由于工作上的需要，我们每隔几天碰头，正事往往三五分钟便可解决，剩下的就是我们称之为“娱乐时间”的谈心了。

这种谈心的方式，现在回想，却有点诡异。因为我订阅了不少香港的半政论半野史性质的杂志，我们的话题常常就从那些杂志的某篇内幕报道展开。那些杂志，他不可能带回去阅读，所以，我们的谈心过程，首先要有个半小时到一小时的沉默时间。他读，我抽烟喝咖啡，大家心照不宣，互不干扰。我的头脑里，不免转着一些念头：他会怎么反应？会怀疑我在设法影响他吗？而我最关心的还是，事情的真相究竟如何？他能一本诚实，帮我澄清疑虑吗？最诡异的是，彼此都可能怀疑对方的真正用心，但谁也不揭穿，好像颇珍惜这种略带扭曲的关系，享受它的过程，越长越好。

但是，我必须承认，即便是患难之交，谈多了，也会发现，彼此的底线，永远不可能超越。

有一次，记得是官方宣布在深圳成立经济特区不久，我的说法，碰撞了他的底线，如此强烈的反应，出乎我的意料，他宣布：

“去你的蒋介石！共产党用得着学他？我告诉你，邓小平说，咱们要摸着石头过河，肯定是人类从没干过的伟大事业，你等着瞧好了！”

几年后，我们失去联络。老龚突然不见了。接替他的那位干部，虽已中年，我却要叫他小丁，是个守口如瓶的人，无论我怎么问，他只交代，老龚奉派回国。至于去了哪里，在哪个岗位工作，我再三追问，都没给任何答案。

我以为这辈子再也见不到老龚啦。

我的国际公务员生涯，后来也就乏善可陈，不过是签到画卯、等因奉此，浑浑噩噩地混到了退休。跟老龚的那段交往，回想起来，不免只是当时已惘然，而今却更是此身虽在堪惊，不知道究竟应该如何追寻、如何评论了。人生遭际无奈，世事变幻无常，老龚便在我的记忆中，像老照片一样，日渐模糊了。

不过，人间事，也偶有不按常理出牌的时候。

两年前，我前往北京看奥运，居然在地铁站巧遇小丁。

更意外的是，他还主动跟我提：

“您不是老惦记老龚吗？他下岗啦……”

然后，给了这么一条信息，只有大约的住址，电话什么的，都没有。

第二天，我搭公交车往颐和园，在西城区转了大半天，都找不到老龚的家。

幸好那天天气晴朗，又恰好就在颐和园附近，就百无聊赖地进园浏览。

那艘据说是慈禧太后挪用海军军款建造的石船附近，沿昆明湖岸，柳荫下，有一片宽广的石砌步道。阳光下，不少退休老年人，用一种布条或塑料带制造的巨笔，蘸湖水在石面上练习书法。这种书法挺有意思，书者直立慢行，边写边退，写完一句，前面的大字已经快要蒸发消失，但仍然隐约可见，不过，不到几分钟，代替纸面功能的石面，复原为一片空白，又可以用了。我正在想：这不是不立文字的禅宗心法吗？忽然发觉，老龚就在那群老人中，正在慢步挥毫呢！

跟老龚重逢，无疑是近年来最欣慰的事。他老伴端出来家传绝活卤牛肚，我们俩痛快喝干一瓶二锅头。他对现在和将来都充满信心，一句话：等着瞧吧。

至于他自己这么些年究竟怎么过的，绝口不提，只含混暗示：要革命，能不走点弯路？能不有点牺牲？

挥手道别，已是夜深人静。

他坚持送我到公交车站，这时候的车子没多少人挤了，很快在窗口找到了座位。回首，路灯下，老龚的满头白发，仿佛反射着神秘的光，相对想到如今已是童山濯濯的自己，不觉有些嫉妒呢！

二〇一一年三月七日初稿于台北大革家五楼

三月十五日修改

二〇一二年八月二十日定稿

访旧

这一带，还是阴沉沉的，跟记忆中的过去，没什么不同。

会议尚未结束，但对我而言，已经结束了。明天还有些议程，讨论下届会议的筹备事宜和一些事务性工作，大可不必参加，然而，这意外得到的一天，如何打发呢？我从沉闷无比的会场里出来，嘴里叼着烟，漫步回旅馆途中，脑子里面，蛮奇怪的，出现了这么一个意念：要不要去看看他？

这个突如其来的意念，自己都很吃惊。

断绝来往，都多少年了，简直算不清楚。事先完全没有预警，更无任何安排，能这样搞突然袭击吗？此外，谁知道他是否仍住原处？见了面，会不会不认人？甚至，人是不是还活着？都不甚了了，这个意念，岂不是太荒唐吗?

然而，一旦有了这个意念，便像着魔一样，怎么都驱之不去。

是这个地方不明所以的什么东西，在我不再设防的灵魂里，起着作用吗?究竟是生活过十年的地方，唤不回来的十年!

等回过神来，已经站在那个曾经熟悉不过的门口了。

迎门露脸的，不是他，而是我想都不曾想过的她，我的前妻。

她的眼睛，依然沉静。看她的眼睛，一切未变，侦伺、搜索、无从揣测，岁月没有留下痕迹，连鱼尾纹都没有。

没有回应我的“嗨”，只回身向屋里说:

“他来了。”

声音自然，像风吹过树梢。

他领我在餐桌前坐下。还是那张餐桌，居然从没换过。无声的风，在厨房、餐厅间走动，很轻，很快，桌面布满酒菜，有我爱吃的腌笃鲜、蒜苗腊肉、三杯鸡和绍子豆腐。给我斟了满满一杯威士忌。

他举杯。

“终于等到你啦，上一次，前一次，每一次都为你准备了，这次再不来，又要等个两三年了。”

我所属的那个学会，每隔两三年在这里开年会。原来摸准了这个规律。

因为脑子里这次完全没有她，才来成的吧，我想。

她始终没上餐桌，布置完，便不见了。依然穿着蓝底碎花夹袄。

婚后不久，摸熟了她的居家习惯，我知道，蓝衫底下的胸罩，晚饭前就没有了，她不喜欢束缚。我也不喜欢。那时候，还要好，饭后有个马丁尼时间，她依偎着，我的不拿酒杯的手，蛇一样溜进蓝衫底下，幸福感满溢。

分手后，立即出现，拖得最久最无法舍的，便是这种幸福感。拖了很久很久，而且，仿佛自有其生命，每次陷入回忆，都有不同变化。素材越变越多，浓度不断加深，到了根本无法与其他女人交往的地步。

然后，幸福感变质，转化成屈辱。

养成了室内室外都喜欢戴上太阳眼镜的习惯。好像戴上它，别人就看不见自己。好像从墨镜后面看人，才能保持安全距离。

再来就是自咎。翻遍记忆的所有细节，具体爬梳每个细节的前后相关因素和流程，分析再分析，冷静而理性，追查病因，像个负责任的医生。

就这样翻腾着，不知多少年。

三种感觉代表三个深渊，彼此的界线，往往并不明显，有时你抬头他萎缩，有时叠罗汉一道进攻，最过不去的，是突然什么都没有了。我不知道它们去了哪里。只知道，下面是更无底的深渊，马上就要下坠。下坠的方式有点特别，失重，头下脚上，意识到，整个人，开始泡沫化，迅速坠向底层。一锅沸腾的黑水，一波波烟雾冒上来。幸好，彻底淹灭之前，还能保留一点自觉，晓得吃药已经无济于事，得找心理医生了。

奇怪的是，从来没有恨，不恨她，也不恨他。

那时都刚受聘为助理教授，虽然不同系，却门对门，租住在同一条巷子里。

事情发生在我必须出国收集论文材料的那一年。她不愿辞了工作同行。

一年后回来的当晚，发现蓝衫底下，胸罩未除。她说：

“我跟他好了。你如果不愿意，我就回来。但我不会快乐。”

这才发现，除了家具，屋子已经空了。

并不是笨到一年里面什么都蒙在鼓里，幸福感误导了我。

整瓶威士忌消耗到快一半，他才不再绕着弯子说话。

“想知道，这一次，为什么决定见面?”

“没什么，”我说，“刚好有一天空闲，便来了。”

走出他们家的时候，夜已深了。他们坚持要开车送我回旅馆，我坚持不要。

路程确实不远，散步的速度，最多半小时。

临时起意，决定到附近海滨公园的长椅上坐着吸烟。

月下，浪花像一条条银色缎带，自远而近，一条接着一条，轮流摔碎在眼前的黑色沙滩上。每一条缎带，长短粗细造型不同，前进过程中，角度曲折变化不一，但结局完全一样，都在接触沙滩的片刻，摔得粉碎。同时，发出动人心魄的最后吼声。

当初选定在这附近租房子共营生活，就为了这片海。

也因为，第一次吻她，就面对这片海，就坐在这张长椅上。

抽完第三支烟，我站了起来，向海走去。

威士忌加上烟，我的脚步不免踉跄。

眼睛盯着迎面而来的最长最亮的那条缎带，脚下配合它的速度和规律。

一头栽进浪花里。

发现全身湿透的自己，石头一样，坐在浅海沙滩上。

整包烟都糟蹋了。

却不怎么想抽烟。

回到座位上。

从来没有这种感觉。

海阔天空的感觉。

回到儿时的感觉。

幸福的感觉。

不是感觉，只是幸福。

能够原谅自己。

真好。

二〇一一年三月二十一日初稿

三月二十八日修改

二〇一二年八月二十日定稿

信

收到老罗的来信，厚厚一沓，信只有一页，却附寄了一本复印件。正是做晚饭的时候，遂坐在饭桌前，一面剥豌豆，一面看。现在还坚持写信的人，已经不多了。老罗大概是极少数仍然不愿碰电脑的朋友之一，不过，他也不是经常给我写信，难得收到一封，肯定有什么重要事情吧！

信是这么开头的：

昨晚清理书房，无意发现谷崎润一郎的《春琴抄》，记得是问你借来的，大概看完随手一插，又糊里糊涂带回台湾，这么多年，竟忘在书柜里了，现原物归还。

忽然好像年轻了四十岁。然而，转头一想，物归原主的这个看似无心的动作，难道还有其他用心？

四十年前，我们都迷上了日本小说。老罗推崇川端康成，特别是《山之音》。我最迷的是谷崎，尤其是他的《春琴抄》。两个人都觉得，如果能写出这样的作品，那，此生无憾矣！当然，所谓“这样的作品”，彼此心里，目标不一吧！

为了说服他，我要他仔细读一读谷崎的这个中篇。可是，他的读后感很无情：二流作品。他说，不过是日本古典美与西方变态心理学的混合杂碎……我知道他读的是美国人的译本，英文读起来，免不了隔着一层，所以，当我在哈佛燕京图书馆找到二十世纪三十年代的那个中译小册子，自然是如获至宝。

想不到，四十年后，这个复印件，又回到我手里。

看完而没有即时归还，是不是意味着什么呢？

但我当年并未细思，因为，那以后没多久，我们就分手了。我留在波士顿继续博士学业，他却迫不及待，赶回母校，应聘教书去了。

那次分手，对我们筹划的“大业”，也有一定影响。说是“迫不及待”赶回台湾，其实有一个曲折过程。同读研究所的研究生之中，选择中西比较文学这一课题的，共有两人，老罗和我，走的是一条路子。研习三年，院方的政策，决定只留一人继续攻读博士学位，另一位，他们有个说法，叫作“结业硕士”，意思是，送一个硕士学位，请你另寻出路。我不知道当局是怎么选择的，老罗曾对人说："我写的是张爱玲，他选了个当代大红人，鲁迅如今在整个中国，地位如日中天，当局深谋远虑，自然非选他不可！"

这话传到我耳里，很不是滋味，但我没发作，还是勉为其难，给老罗办了个挺风光的欢送会。

那以后的一两年，我们仍然维持友好关系，偶尔也讨论讨论问题，不过，像以前那样，谈《春琴抄》或《山之音》之类，谈到面红耳赤的地步，那种慷慨高歌、推心置腹的日子，就一去不复返了。

我不禁有点好奇，当初他借书未还，究竟是真的忘了，还是他确有所感而又有所矜持呢？

信中有那么一段，隐约透露一点消息。

"你还喜欢谷崎吗？年纪大了，川端有些不耐看似的。"

其实，谷崎在我心里，也早已褪色了。

反而，为了谁最好而争执不已的那段日子，却微微发光，成为业已泛黄的记忆中，残存的珍珠。

想当年，我们的讨论范围，当然不限于川端、谷崎、芥川或夏目等日本作家，只不过，因为日本人终于得了诺贝尔奖，而我们最关心的中文世界，一边仿佛自囚于现实，完全缺乏想象力；另一边呢，也好不到哪里，抄袭模仿的程度，已经从文字、意象、句法深入骨髓，连梦境都好像是拾人牙慧。

那三年，每次谈完心，真感觉像是天下大乱、风云乍起、英雄辈出、舍我其谁，我们编织了一个共同事业：出一本《文艺春秋》那样的杂志；规划了共同的理想，继承五四，超越二十世纪三十年代，创造中文世界的文艺复兴。

四十年过去了。事业变成遗憾，理想灰飞烟灭，剩下的友情，也不免千疮百孔，是在岁月磨损、人事全非之后，终于回归原谅的心情中，勉强支撑着的吧！

我把剥好的豌豆，送往洗碗槽，冲水，沥干，倒进盘子里，在围裙上擦干净手，等老妻下班回来烹煮。接下来，我问自己：她电话交代的，还有什么忘了？

重又在饭桌前坐下。向晚的天空，有一抹红霞。

也许，我现在想，那一年，如果我委屈一点，我们的“大业”，是不是还有挽救的机会？

那一年，就是我终于交出论文、通过口试、正式取得博士学位的那年，应该是三十五年前吧，我面前摆着两条路：应聘到加州一所州立大学去教书，或者，放弃美国，回母校。

我给母校的文学院院长写了封情真意切的信，同时提出了一些计划和构想。当然，我也告诉他，我在美国并非没有出路，意思很明白，我回来，是要做一番事业的。

结果颇为意外。

文学院院长的回信，除了表示热烈欢迎之外，只相当官僚地说明了我的职等、职位和待遇，其他一概未提。

不久又收到老罗的信。

那封信，有点怪。我就是到今天，还是不十分明白，他究竟想说什么。

关于我回台后的改革计划，他一字未提。这还可以理解，也许文学院院长压根儿没让他看吧。这自然也怪，因为，我们俩当年赴美深造，就是院长长期发展院务计划的重要组成部分，原寄望我们两个大弟子学成归来，大展宏图的，现在，蓝图即将实现，怎么可能把如此关键的信息瞒着呢？更怪的是老罗的满纸荒唐言，整整五页，全在暴露台湾社会的荒谬无稽，母校的死气沉沉，院内的人事倾轧，和系里面刚夺了大权的少壮派如何卡位、排除异己和阴谋陷害他的事实，传言、诬蔑、派系、黑函，种种是非，不一而足。

他是要我不畏艰险，毅然归来，跟他结盟吗？

这一点，我又不太敢相信。要知道，老罗先我五年回台，虽然当初是多少迫于无奈，却也因此占了先机。那几年，恰逢母校的师资青黄不接，回台服务的学人特别吃香，五年内，老罗已经升任副教授，马上就要扶正了。而我呢？按照现在的规定，却要从助理教授起聘。

不能说我好歹给他的信吓阻了，要我接受低于老罗的位置，实在也有些心理障碍的吧！

这事情的真相，要到又一个五年之后，才大白。

那一年，我执教的州立大学，收了一名台湾博士后研究生，就叫他小明吧。

小明后来成为我亲自指导的学生，关系深了，才向我透露：那一年，系务会议，讨论聘老师回台的事，他作为新进的讲师，也参加了。罗老师的发言，有决定性影响。他认为，老师是鲁迅专家，不是刚发生台大哲学系事件吗？系里是否要冒这个风险？应该慎重考虑。最后的决议是，把情况上报，让上面决定。

老罗的信，最后是这么结尾的：

迩来两岸息争，文化交流随时提上日程，我等正在筹划召开“鲁迅文学研讨会”，并拟广邀学者与会。吾兄为海内外知名鲁迅专家，著作等身，岂可不现身说法？我已向主办单位提名。

啊！差一点忘了，老妻不是嘱咐，把冰箱里面的五花肉早点拿出来解冻吗？都快六点啦，怎么到现在才想起来！

西天的红霞，渐渐暗了。

林子里，响起了归鸦争巢的聒噪。

二〇一一年二月三日初稿

二〇一二年八月二十日定稿

珊瑚刺桐

他倒挂在芭乐树横枝上，像只蝙蝠。膝关节的内面凹槽，大小相若，恰好抓紧横枝，小腿平伸，大腿垂直，约莫九十度。他的上身、两臂和头颅，钟摆一样，微微摇晃。他感觉他的万千烦恼丝，全面散开放松，几乎触地，又被风吹起。

对面的大莲雾树，也在倒立。叶海中，一只绣眼金翅雀，穿掠绿荫，扔下一串银铃。

膝弯的压力，渐渐消失。蝙蝠进入休眠。

虽然早有预期，见到弟弟的时候，仍不免心痛。

首先觉得难受的是他的步履。大学时代篮球校队的他，竟成这副模样。在大门口接了，领他爬上三楼的公寓，就这么短短一段距离，居然等他三次。虽然穿着长裤，却感觉裤管里面那两条记忆中的飞毛腿，像甲醛溶液浸泡的残肢一样，虚肿疲软，爬不上一层楼便得扶着扶梯喘气。他的眼睛，尤其怕人。跟他说话，好像看着你，又好像什么都没看，眼光散乱，焦点不知道哪儿去了。

姊弟俩，如今应该是这世界上最亲的。才不过两年没见，已经跟陌生人差不多了。这是怎么回事呢？

两年前，从台北给他电话。那时便有点听出来，以前那种满怀信心的腔调，忽然没有了。追问他，又说没事。听人说，他把“九一一”后适时进场的纽约房产出清，连本带利，全部投入正在风生水起的赌城拉斯维加斯，公寓楼、豪宅加上各类商品房，那不是孤注一掷，是第一桶金的大胆运作，台湾的所有亲人无不期待，家族的第一位财阀，就将诞生。报纸上也在宣扬，拉斯维加斯成了华人移民的新热点，华人经营的商圈建成了，纽约、洛杉矶的大餐馆分店开过去了，华人超市连锁店，开了一家又一家，连专收老人的所谓“成人社区”，都出现了华文广告。

那次电话之后，虽然不免警觉，却还是对自己深信不疑的那句话，深信不疑。

“大难不死，必有后福。”

这原是他的名言。全家人都庆幸。

老天有眼，他不应该再受折磨了。

电话铃响的时候，他正躺在沙发上假寐。他跳起来，抓过听筒，却不是她，而是个略带黑人腔的陌生男子的声音。

“林书如先生吗?”

洋人念华人姓名英语拼音的标准读法，有点迟疑，三个字音分别读，读得很慢，很小心，还是四声不分，听起来便更像宠物的昵称。

“我们在她的皮包里找到你的电话。”

“你们是谁?”

“得克萨斯州警察。”

三天前，他们大吵。吵到彼此再也骂不出更恶毒的话，她打了他一耳光，他本能反应，也打了她。

打完后，他立刻后悔，却来不及了。

行李也没带，她开走了他们唯一的那部老爷车。

过一晚，气头过去，该会回来的吧，他想。

然而，一晚，两晚，三晚，音信全无。

他开始有点慌。可恨的是，洛杉矶这个鬼地方，没有车，什么也办不了。他给她可能会去的所有亲戚朋友那儿打电话，就是没报案。性情再刚烈，气总有消的时候，他对自己说，大不了挨骂、赔罪，就是跪地求饶也未尝不可，何必劳动警察？

现场的景色，只曾在某些西部片里见过。

分不出是牧场还是沙漠。公路边上有两条向东西延伸无限长的铁缆，隔一段距离，钉在木柱上，一上一下。篱内望不到边，有黄草，有高高矮矮的仙人掌科植物，没有水，没有山，也不见牛马。风刮着，偶尔卷起灰沙，夹带着沿地面滚动的干草球。

他望着干草球出神。难道这就是“转蓬”？唐诗里读到过的？

他跟着警官走向事发后弃尸的地点，地下用白粉画出的人形，就是他的妻子。

“你不能搭载那些竖大拇指的嬉皮，”警官安慰他，也在给自己卸责，“这些人，懒骨头，吸毒，不信主，什么都做得出来。”

他知道没有破案希望，连联络的地址都无法留下。出门前，他退了租，所有家当，都收在租来车子的行李箱里。他不准备回洛杉矶，也不知道往何处去。

他把她的骨灰和少许遗物收进购物袋，放在驾驶座旁，这样，便又像往蒙特雷半岛度蜜月一样，随时让她看地图，指路。

老头子的外貌，像他们说的“白垃圾”，头发不算长，刚到下巴，但因为稀疏零乱，又是干草颜色，他觉得特别亲切。

加满了油，他跟老头子商量。

“我没有钱，你需要短工吗？有经验的。”

老头子没吭声，回屋子里拿来一碗汤，一包三明治。后来熟了，才告诉他：我也是洛杉矶来的，好莱坞混了半辈子，恨透了那里的一切。

他的确什么都会干，加油、检查机油、换轮胎和雨刷，一般的机械故障，难不倒他。本来在加州便打过这类工，驾轻就熟。他没事找事做，没客人的时候，他就打扫清洁，帮忙做三明治、做汤，有时候也卖卖香烟、糖果、汽水。

得了如此勤快的伙计，老头子不免高兴。这个谜一样的异国伙计，不必教，不必叮嘱，居然还有个硕士学位。工资多少无所谓，工作时间越长越好，又从不要求休假。老头子独身，他也没有家，背景截然不同的两个人，表面上是雇佣关系，日子久了，却如同父子。只是，这所谓的父子之间，仿佛有个默契，彼此的心事，互不过问。这是他留下来的主要原因。忙碌就是平安，唯一不好过的，是每天上工前那段时间，他从老头子免费供应的破木屋窗口望出去，眼睛盯住那些随风翻滚的干草球，一个飞了过去，又来一个。

他不知道那些永远滚不完的干草球，究竟是什么植物，他从没看清楚，它们从不静止。每天早上好像都有风，即使不大，干草球仍然静止不了。一个滚过去了，又来一个。他不知道它们来自何处，它们的终点站，他也不想知道。

到达纽约，他已经五十出头，除了随身行李，几乎身无长物，然而，他的银行户头里，却有老头子遗赠的五十万美金。

随身行李里面，有他妻子和义父的照片。

他用了其中的三十万，在那时还不算旺的法拉盛纽约新华埠，买下一幢三层楼的砖房，自己住一层，另两层出租。

他把妻子的照片摆在床头柜上。客厅火炉上面供养的，是他的义父。

他不再找工作。他现在已经不需要忙碌。

他也不想成家，为了打发时间，他考牌，拿到房地产掮客的执照。

不到十年，大陆移民蜂拥而至，新华埠的房地产成倍往上冲。

然后，他遇上了炒房地产“千载难逢”的“九一一”。

果断卖掉如今已是黄金地段的三层楼砖房，通过银行贷款，在弃之如敝屣的华尔街周遭，建立了他的第一个王国。

三年后，“九一一”创伤渐被遗忘，资金回流，他卖去第一王国，转手又到热气蒸腾的布鲁克林部署第二王国。

拉斯维加斯是他的第三王国，规模已经像帝国。

帝国面对全球金融海啸，超额贷款周转不灵，全军覆灭。

大安公园的东、西、南三面，靠近马路，绿篱内，有一条大约六尺宽的红土慢跑道，全长大约两千七百米。每天清晨，天还没亮，跑道上便被晨练的男女老少充分利用了。慢跑的人比较少，大概真正想锻炼的，都上南边不远的台大田径场去了，因为这里沿道布置了绿荫，既无阳光直晒，又可听鸟语，土也松软，容得下两三个人并肩行走，有伴儿的，便可以边谈边走，所以，虽叫跑道，却是颇受欢迎的步道。

姊弟俩，在靠近新生南路的步道中段附近，停下来。

“歇一会儿，”姊姊说，“我让你看个东西。”

靠东不远的斜坡上，立着一块牌子，上面写着：

“珊瑚刺桐，学名 Erythrina indica Lam，又名龙牙花，原产西印度群岛，落叶小乔木。唐宋以来，福建不少地方就已引种，特别是泉州，满城遍植，故成该地雅号。据说《马可·波罗游记》中，即以刺桐译音为泉州代称。”

一群绿羽绣眼金翅雀丁零零飞来，钻进珊瑚刺桐，两只细脚勾着短枝丫，倒转着身体，尖锥似的喙，伸入龙牙花筒吸蜜，不一会儿，又丁零零飞走。

“还记得吗？小时候我们家后院的满树红花，不就是这个？”姊姊说。

弟弟抬头，他的眼光如今胶着在一串串辣椒形状的猩红总状花序上面，突然找到了焦点。

“我不是老用芭乐树枝做弹弓瞄准这些小黄莺练习射击吗？”

姊姊兴奋起来了。

“可不是，越骂你，越要打，你就是不听话！”

说着，她掏出手绢，擦眼泪。

这是他跟她回到家后第一次说出这么长的句子，而且还带问号。

“是我们高祖从泉州老家带过来的呢，也不知第几代了。上百年的老树，前些年给‘都更’铲掉了，真可惜。不料这边发现一棵。”

一个意念，浮出水面。

干草球的终点，原来在这里。

二〇一一年四月二十五日初稿

五月二日修改

二〇一二年八月二十一日定稿

喜林芋

这一生物，陪伴他，已经七八年了。初来时，只有一枝二叶一芽，全长不到一尺，连根都没有。整整两个月，不死不活，毫无动静，正在他准备丢入垃圾袋的时候，突然发现，那枝芽，依旧挺着，而且，好像比扦插当时，略微舒张一些。长期处于生死边缘，居然仍在努力，心里不免一动，他不得不肃然起敬了。

书架上取下一大本植物图鉴，他在热带雨林的下层林从类别中，找到了这株藤蔓植物的学名。又翻阅了《拉汉英植物词典》，才知道中国人把它叫作“喜林芋”。

这个有点俗气的名字，让他意外欢喜。

来美以前，他在大陆做过散兵游勇，谁给饭吃就给谁打仗。当然，也有给绑了起来不得不打的时候，然而，无论如何，总有口饭吃。莫名其妙混到了台湾，莫名其妙，又混成了当地人眼中的“老芋仔”。比别人幸运的是，一位当医生的小同乡，给他开了一张青光眼的假证明，又教他如何作假，终于摆脱行伍生涯。退役后，靠着早已习惯的苦打蛮干，读完大学，接着申请到美国大学研究院的入学许可和助教奖金。他的人生阶梯，是在结婚生子又拿到终生俸的那天，才彻底摆脱“老芋仔”的命运。

如今，二十年又过去了，却突然发现，他从同事家里剪来的这枝植物，跟他一样，都是芋头的同类。而且，“喜林”这两个字，似乎也暗合他目前的心境。

他记得，若干年前，有一次带孩子去参观博物馆的中国书画展览。

孩子没有兴趣，匆匆晃了一圈，便拉着妈妈往楼下餐厅买汉堡包去了。

他坐在展厅中间的一条长凳上面，目不转睛地望着那幅《古藤》，半天，舍不得走开。

那是一长条的横幅传统水墨，古藤没有花叶，只有粗干细枝，整体从左到右，虬结盘缠，暗暗涌现一股又紧张又从容的力量，像一条见首不见尾的巨龙。

这幅画的印象，一直留在他心里。

他想，喜林芋成长的七八年时间里，培养、修剪、扶扎的工作，潜意识里默默指导的方向，大概就是这幅古藤。

他的书房朝南开着大玻璃窗，阳光每天扫过一面粉墙，虽然采光对一般植物未必充分，但可能恰好吻合下层林丛的需要。喜林芋的生长，一两年后，几乎可以说是欣欣向荣。尤其意外的是，近根处的叶片，没有丝毫裂隙，越往上长，叶片从中间的叶脉处，开始对生出裂隙，越高越多，叶片似乎累积了更多养分，叶面逐层增大，裂隙数目也随之加多伸长。

有一天，他突然想通了。

热带雨林的树冠，在高空连成一片浓荫，下层林丛能够接收的阳光雨露都得打上一个折扣。如果上面的叶片没有裂隙，阳光无法顺利照射到下面的叶片，根部的雨露自然也受影响。

即便有了裂隙，根部的受雨量恐怕仍然不够。这或许是每隔两三轮叶片，便从藤条上抽出气根的原因。这些气根，同台湾常见的榕树气根不同，每一条都粗大得多，在整株龙形的植株上一一垂下，仿佛巨龙满身长着美髯。

原来，这棵喜林芋的挣扎求生术，其精打细算的用心，跟他这个“老芋仔”，是没有两样的。

这天，他因事路过，顺便到了儿子的公司。

一年前送来的喜林芋，靠在天窗下的粉墙上，已经奄奄一息了。

原是祝贺开张的贵重礼物，寄托着的深意，看来无人理会。儿子大概是忙着自己的事业吧！

对儿子的所谓“事业”，老妻觉得，他一向不够关心。这一点，他也知道。只是，即使知道，仿佛无从努力，这算是什么“事业”呢？

一年前，他接到儿子特别设计的一份请帖，用纸十分讲究，彩色精印，品位不俗，类似高档次的贺曼圣诞卡，又好像模仿着那种国际艺术名家捐赠给联合国儿童基金会作为慈善用途的作品，还有点沾沾自喜的味道。打开对折的扉页，一面印着时间和地点，另一面只有一个英文字：FORGE。

她问：这个字，我查字典，不是“锻铁车间”吗？什么意思？

他懒得回答，被问急了，才抛出这么一句：你这个念文学的儿子，还不肯死心呢！她似懂非懂，却喃喃自语：既然下海做生意了，又何必呢！

儿子开办的，是一家代客设计网站的小公司。这个行当，早已风起云涌，大城市的年轻人，你追我赶，赚不到钱了。他那个地方，一来比较偏僻，二来新上任的州长，意气风发，梦想改变“农业州”的面貌，突破金融海啸闷局，把都会地区的剩余高科技人口吸引过来，在传统经济领域之外，开辟税收的新渠道。这样一来，原来窝在中学教文学的儿子，似乎闻到了一些“商机”，匆匆结合几个玩电脑的朋友，上马了。

“锻铁车间”的陈设相当简朴，有一张他们自己动手制作的长方形会议桌，此外便是模仿都会办公室的几个摆放电脑的小隔间。当然，为了生意需要，还有些音响和摄像设备。网站设计不能没有图像和文字，“锻铁车间”的意思，儿子或许是要争取客户注意他们的艺术才能。“创造新的设计”，英文用语不就是forge a new plan 吗？

他自告奋勇，去附近的苗圃买了一把花剪。

耽误到这个程度，他明白，起死回生，只有一个办法——狠！

喜林芋一共两条主枝，从大约一人高的地方分枝，各奔前程。当初移植，他利用长脚透明图钉和无色胶带，把两条主枝分别拉往高处，固定在粉墙上，并着意保留了委婉曲折的姿态，枝条带动了两侧的叶片，传达的运动感，是他潜意识里的巨龙飞舞。加上无数条下坠的气根，整体造型，不正是恰如其分地传达着他们这一代拯救热带雨林的新人文精神吗？

他手持大剪，把垂死挣扎的喜林芋拦腰截断，然后，灌水，喷雾，再将盆内土壤重新松动，加上用水稀释的薄肥。

两个月之后，回到原处，喜林芋又恢复腰斩前的状态。

他挑选所剩无几的藤蔓，切下一枝二叶一芽，带回老窝。

也许，七八年吧，“老芋仔”的巨龙，或仍将重现人间。

二〇〇九年十二月三十一日初稿

二〇一二年八月二十一日定稿

大年夜

“这个年，一定要热热闹闹！把他们都集合起来，好酒好菜，大家乐乐。”

他说话的口气，虽然不像命令，但至少有点儿“想当然耳”的味道。

想得可美！我才懒得搭理，心想，你们热闹，还不是要我累死。动不动七八上十个人，就算简简单单包饺子吧，从买菜到洗菜、切肉，从拌馅到揉面、擀皮，再加上事前事后满屋子上下清扫，至少忙两天！坐享其成的总以为：我哪件事不出力帮忙？不都随时听从指挥调度，那你主厨的，又有什么好抱怨的呢？

老实说，现在不是从前，任劳任怨，谁还愿意当革命煮饭婆？

回心转意是因为几十年不见的婷娜突然来了电话，而且，居然兴师问罪。

“你死到哪儿去了？怎么连同学会都不来！”

这也难怪，我因为嫁了这样一个人，有意无意地，跟老同学断了联系，确实好几十年了。

当年的校园里，婷娜是个风头人物：郊游吧，大家拱她出面号召；舞会呢，没她就觉冷冷清清。还有那么一帮人，成天簇拥着，像是跟班，又像经理人，有人哄她选美，有人千方百计拉拢影剧界，非把她捧成明星不可，结果倒是出人意料，千挑万选，却嫁了个穷艺术家。

我跟婷娜同系又同寝室，自然而然，成了她的社交参谋兼恋爱顾问。

想当年，为了她，我这个婚姻志工，坚守两项原则：文法科的，只要是油头粉脸、伶牙俐齿，首先淘汰；理工科的，若是呆头呆脑、手脚不灵，也请他站一边。这样一来，孤芳自赏的校花，身边的人，竟慢慢减少了，正应了校园流行的那句老话：一年骄二年傲，三年拉警报，四年没人要。她倒从不埋怨，直到毕业前夕，那帮人全散了，我也去了美国，她却落了单。

她终于结婚的消息，是我第一个孩子诞生那年，才从台湾辗转传来的。

那以后，我们还是没有恢复联系，这却不能怪她，我这个呆头呆脑的理工科老公，忽然心血来潮，竟然放弃自己的学术专业，搞革命搞得上了黑名单，成了台湾亲友眼中离经叛道的恐怖分子。

接到她的电话，距离大年夜，不到三天。问她人在哪里，才告诉我说，丈夫走了，她来美国两年，一直住在女儿家，要不是圣诞节往芝加哥参加同学会，根本不知道原来跟我住同一个城市。

如此一来，过年就不完全是为了他跟他那批朋友，我也要婷娜来热闹热闹。

好在临时改变主意，也没什么，那批人，反正一叫就来。

婷娜第一个到会，究竟是老相好，一来就下厨帮忙。当然，几十年不见，开门那会儿，彼此都几乎认不出来，拥抱的时候，摸到她粗大的腰身，我的眼眶不觉湿润了。

传单一家第二个到，接下来，纠察、采买、钢板三家人，陆续到齐。加上被他们叫成“联络”的我们俩，今晚，一如往常，还是这五家十个低头干活很少抛头露面的实务派。当年因为分配工作成了习惯，不久就变成代号，就这样沿用至今。

这几年，老同志聚会，小孩渐渐不见了，越发感觉冷清。孩子们各自建立属于他们那一代的生活圈子，有的更天南地北搬开去了，就是住在附近，叫也不一定听，连感恩节、圣诞节都难得回来一趟，何况是农历年，他们脑子里面从来就没有的东西。

饺子馅有鲜虾、有猪肉，想到婷娜来美不久，难免怀念家乡，我特别从华人超市挑选了新进口的台湾特产高山高丽菜来配，口感应该不赖。本来准备喝红酒的，想到婷娜，决定还是金门高粱。没想到，这个决定，最后闯了祸。

红酒跟高粱，目的无非一个：让人进入微醺状态。这些古板老革命，难得放肆，人不放肆，怎么热闹起来？可是，高粱的速度快太多，究竟已非当年，酒精吸收能力退化，还不过九点，已有人东倒西歪了。

传单最差，干不到十杯，脸色发白，必须上厕所吐干净，才能勉强拼下去。

看着他被老婆扶持的样子，我觉得不能让他们再像以前那样借拼酒来发疯了，遂悄悄将卡拉OK机器打开。

想不到，婷娜的兴趣比谁都高，而她的歌声，还是那么甜美。她真够爽快，根本不用人催，也不征求别人意见，很快便挑定了一大批老歌。音乐一响，她马上跟上节拍，就是没有其他人跟，一个人照样投入。看来，金门高粱还是正确的选择。

闭上眼睛，不看她的脸，仿佛又回到学生宿舍。准备约会的她，一面哼着流行歌曲，一面对镜化妆。

第一首是王人美的《渔光曲》。这首歌，小时听大人唱过，不太熟，只能轻声伴唱。采买夫妇俩，歪在沙发上，我看见他们手心合着手心，轻轻打着节拍。钢板夫妇，连声叫好，还说，想不到靡靡之音里面，居然有社会意识呢！

接下来是吴莺莺，我更不熟，跟不了。采买那里，手不太动了。钢板偶尔点头，不时拍一下巴掌凑兴。

然后是周璇。屋子里的人，完全没了反应，只剩下婷娜的声音。

到了白光的《秃子尿炕》，饭桌边，头始终枕在臂弯里休息的纠察，突然跳了起来。

“够了，够了！”他大概不好意思面对歌者，翻脸向上，对着天花板，呼吼，“再唱这些调调，骨头都要酥掉啦！”

屋子里的气氛，一百八十度转弯。

开始还只有三两个人加入，先唱《小河淌水》，再唱《松花江上》，唱到陕北民谣，有点热闹了，到了《毕业歌》和《解放军进行曲》响起，东倒西歪的汉子和妇人，有的坐正，有的索性站直，全部拉开喉咙，放情高歌。

2017-5

这时候，轮到婷娜坐立不安，望着一屋子原来完全陌生的人，突然发现自己的孤独，终于歪倒在沙发上，手足无措，目瞪口呆。

我悄悄拉住她的手。

革命歌曲合唱继续进行。

现在，连卡拉OK都关了机，但见屋子里面，一群白发苍苍的老头子老太婆，个个表情严肃，眼睛发亮，抬头挺胸，好像腰里插刀，肩膀上扛着冲锋枪，义无反顾地奔赴硝烟满天的战场。

抗日爱国系列一曲曲唱完，接下去，便是《我的祖国》《社会主义好》。直到每个人的声音不免有些喑哑，才由当年担任过指挥的纠察，搬出这出压轴戏。

每一次，至今维持着宽肩膀厚胸脯的纠察，总要用他有点生硬的广东普通话，仪式一样，当众严肃宣布："现在，让我们为那些英勇牺牲的，唱一首歌!"

（"牺牲"听起来像"黑生"。）

婷娜听清楚了开头的两个短句："起来，饥寒交迫的奴隶。起来，全世界受苦的人。"

后面的歌词，她却无法辨认了。

送婷娜出门，已经是正月初一了。她问我：

"你这批朋友，都是大陆来的吗?"

我说："不是。"

她又问："你们唱的歌，我怎么从来都没听过呢？"

我的回答，恐怕她也永远无法理解。我说："这些歌，台湾本就没人唱，大陆过去只唱这些，唱了几十年，如今也少多了。现在还在唱的，可能就剩我老公这批糊涂蛋了。"

二〇一〇年二月十七日初稿
二月二十日改于洛杉矶
二〇一二年八月二十三日定稿

惜福

苦寒的冬日好像没有尽头。

直到这几天，才似乎略有转机，连续出了两天太阳，草地上的积雪明显稀薄了。书房面南的窗玻璃上，居然看见屋顶融雪溢流而下的水痕。

他的心情，不免舒缓多了。

早餐后，照例写字，却抽出久已不练的李北海《麓山寺碑》，仔细研读，发觉他那个“福”字，之所以特别好看，完全是因为他将右半边的“人”“口”和“田”三个单元，两笔一口气写了出来，因而创造出一种美妙的动态。

搁下笔，低头沉思。

难道，“人员”“牲口”和“田地”，同在祭祀的庄严肃穆礼仪过程中，造就了祖先那种持盈保泰的原始宗教——“福”？

可不是，家家门上倒贴着的那个代表希望和期待的“福”字，根源竟在这里。

他为这个发现暗暗兴奋，不觉执笔模仿，一次又一次，还是怎么写都觉得写不出李北海特有的那种神态。

掷下李北海，又从书架上找出李学勤。

这是一本发愿已久但始终没法读进去的专业书。

冬天来临之前，曾经立定志向。趁天寒地冻，且聚精会神，一定要把去年收集到的那几本讨论中国文明起源和国家形成问题的大书，硬着头皮，梳理一遍。

活着，连自己的文化源头都迷迷糊糊，未免惭愧。

然而，好几次上阵，都败下阵来。

就在他快要睡眼惺忪的时刻，突然传来一声毛骨悚然的尖叫。

“快来，厕所有白蚁！”

他发现老妻几乎软瘫在厕所地上，同时知道，这难得心平气和的一天，大概就此报销了。

不得已，放下读了几页却不知所云的《青铜器与古代史》，捋起袖子，戴上口罩，在车库储藏杂物的架子上面，找出久已遗忘的杀虫剂，准备打一场保家卫国的歼灭战。

住在这个地区，白蚁是谈虎色变的巨大威胁。

买卖房产，中介商首先谆谆告诫：白蚁污染的房子，千万别买，后患无穷，价格一落千丈！所以，杀虫消毒公司的昂贵服务，绝不可省，没有它们开的证书，银行一定拒绝批准贷款。

然而，当初选购，卖方虽然提供了必要的证明，他心里仍不免犹豫。屋后紧邻山坡，坡上有一片原始林，巨木成林的生态环境，看了固然满心欢喜，老树凋零，千年循环不已的枯枝败叶，难保不成为白蚁繁衍生息的温床。不过，那片林子实在太过瘾，什么风险都阻挡不了。现在，终于要面对现实了。

进入战地之前，忽然心中一动。

也许，如果努力一点，“心平气和”未尝不可以设法挽救。

回到书桌前坐下，找出方才读到的那一页，夹上一页书签。

这本书是中国科学院历史研究所的考古学家李学勤先生的著作，相当专业。他的考古人类学知识水平，不过尔尔，原无可能完全掌握，所以决定硬着头皮啃下来，其中有个心理过程。

他这一生，阴错阳差，跟文字结下了不解之缘。不但从小喜欢写，后来连生活的来源都离不开写。可是，写了几十年，一笔字，始终见不得人，直到退休，才觉得此生了结以前，非把字写好不可，于是，发愤练习书法，渐渐成为晚年生活的日课。练书法又自然牵出一些读帖的缘分，从赵孟頫、米南宫开始，慢慢摸索，逐渐发现了“北海如象”的味道，接着便从张猛龙走向北魏碑版，然后是汉隶秦篆，终至于青铜铭文和甲骨文，也都无法抗拒。

读帖而不问其文化历史内涵，便如同瞎子摸象。这一层，自然不难明白。

这就是李学勤、张光直和一大堆古史专著和考古报告登堂入室上了书架的渊源。可是，读这些书，不久就感觉，一个恼人问题，白蚁一样，钻进了脑袋——

为什么直到今天，李学勤和他代表的一批学者，仍然用原始公社、奴隶社会、封建社会这一套诠释公式？为什么张光直和他代表的一批学者，又要坚持游团、酋邦、方国、国家这个漠视阶级的理论组合？他自问解决不了这个矛盾。

书房生涯，如今竟好似有两组白蚁，同时进攻！

白蚁的破坏力量，无坚不摧，巨宅华厦，天长日久，顿成粉末。

能不小心应付？

从书桌前站起来，他没有立即走向歼灭战的战场。

转身上楼，在厨房抽屉里找到一个塑胶袋。

打开楼下厕所门，一股强烈的蚁酸味扑鼻而来，他忍住眼泪。

从抽水马桶的底座附近，爬出来成百上千的肉色小生物，缓缓蠕动，有的还长着翅膀。

他没有喷毒，却用两根手指，将一些“白蚁”取样，轻轻扫进塑胶袋。

电脑打印一份地图，按图索骥，找到了那家杀虫消毒专业公司。

伙计接过塑胶袋，对着灯光，仔细研究。

“这不是白蚁，无害的，”他说，“春天快来了，它们大概感觉到地温渐渐变暖，要爬出地面找食物了……”

楼下厕所，十几年没修，底座因为常年承受压力，原来的胶泥变硬之后，开始脱落，出现裂缝。

这个节气，室内温度终究比户外暖和得多，难怪这群小生物往这里觅食来了。

他把杀虫喷剂放回储物架。厕所躲过一劫，歼灭战改变方式。只需在肉蚁分布的周边地带，用脚猛踩几下，它们便迅速纷纷往裂缝逃生。等蚁群消失之后，再往裂缝浇上两杯水，一切太平了。

回到书桌。

重新翻开书本。

窗外阳光分外明亮。

篱笆旁边，一株垂丝海棠，满树冬眠芽，经过近几天的阳光雨露，略显饱胀，分明有那么一丝丝绿意了。

两只红衣凤头鸟，一公一母，互相追逐鸣唤，掠过树梢，往蓝天飞去。

摊开一张宣纸，他研墨写下这首古诗：

卿云烂兮，

纠缦缦兮，

日月光华，

旦复旦兮。

这幅字，也许尚无“北海如象”的味道，却有点四平八稳的样子。

李学勤先生的文字，也好像不再那么佶屈聱牙了。

二〇一〇年一月十六日初稿

一月二十六日修改

二〇一二年八月二十三日定稿

连根拔

亲爱的罗先生：

很高兴得到这个又一次为您服务的机会。我们纽约总公司的经理强尼特别交代，您三十年前就是我们的老顾客了，他说您现在的住宅就是他为您找到的。您在给他的电邮中提到，这次要在我们附近几个小城找房，主要是为了住得离新生的孙儿近一点，以便就近照顾。我理解您的心情，因为我也是去年才成为祖母的。对了，应该先恭喜您的。

下面这张清单，一共开列十二幢房产，基本都是按照您所提的条件从我们的资料库里找来的。请您有空浏览一下，如果对其中的任何一幢或若干幢有兴趣，我可以立即为您安排。如有任何其他问题，我也会尽快回答。

请随时联系。

信后署名的是南茜。

这个南茜我记得。两年前，儿子结婚，要买新房搬家，小夫妻俩前后看了不下五十幢房子才做决定，那个不厌其烦的掮客，不就是她吗？有个周末，恰好在儿子那里，也跟他们去看了几幢，对这位家庭主妇出身的掮客，留下了不错的印象。

关于买房子搬家这档子事，老实说，找一位有耐心的掮客，恐怕是先决条件吧！这一点，我比谁都明白。

我大概不需要看五十栋房子才做决定。问题不是看多少栋，问题是，也许无论看多少栋都无法做出任何决定。

那么，又何必惊师动众呢？

有这么一个小小的过程。

两个礼拜以前，我们开了四个小时的车，去看如今刚满三个月的孙女儿。

从她出生，到现在，我一共才看过这个孙女儿三次，一个月看一次，自然没留下什么深刻的印象。虽然是自己的第三代，婴儿就是婴儿，肉乎乎的一团，很难说有什么让人感动的地方。我老伴就觉得我这个人未免太冷感了，她说，她连做梦都满眼是孙女儿的影子，你怎么一点骨肉感情都没有呢？

这个，我既不便承认，也想不出否认的理由。

事情的发展逻辑，往往出人意料。

那天晚上，小夫妻应邀参加朋友的婚礼，老伴趁孙女儿睡熟，带他们的狗出去遛，留下我一个人担当大任。小夫妻平常有一套制度：女儿有她自己的睡房，一旦喂饱睡觉，就要让她睡足，其间即使醒来闹，无论如何都不能坏了规矩，绝不可妥协。他们认为，孩子不能宠，这样长大，才可能养成有纪律的习惯，诸如此类。当然，意外的情况，也不能不注意，所以买了一个监测器，育婴房的任何动静，一目了然。

老伴出门遛狗不到五分钟，监测器出现了影像。

开始，我谨记儿子儿媳的规矩，置之不理。

接下来，一分钟好像一个世纪。

娃娃为什么不睡了？什么事让她难受？吐了还是拉了？或者，什么地方不舒服？感冒了？发烧了？

啼哭声越来越反常，已经不是正常的生理要求，歇斯底里的程度，让人听了几乎要发疯。

于是，我做了一个完全违反自己常规的决定：开开灯，把孩子抱了起来。

不到五分钟，我就明白自己给骗了。

娃娃不但不再哭闹，把塞在她嘴里的奶瓶也吐了，而且，竟然用她的小手，抓我的胡子玩。小小的、比我的酒糟鼻还要肉感的手，料不到还真有点力气，甚至探索到我嘴唇后面那颗掉了未补的牙齿缝缝里面玩耍起来。

结果不必说，反正我彻底投降啦。然而，真正击溃我的还不是这些。那晚上，抱她在我膝上，面对着我这个糟老头儿，她居然笑了。说是笑，可能没有人相信，三个月就会笑？可是，千真万确，我第一次看见她笑，除了那个动作和表情，我发现，她其实是要跟我沟通，她有信息要传达给我，她的眼睛在讲话。我发誓，这绝不是一厢情愿的“解释”，这是事实，我想，我是透过那个动作和表情，从她的眼睛进去，第一次接触到小宝贝的心。原来，小宝宝不那么小，她已经是个完完整整的人了。

给强尼发电邮，就是那次回家当晚的事。

然而，事情发展到开始到处看房子，所有隐藏的矛盾，立刻表面化了。

首先，平常不觉得，一旦想到搬家，脑子里面就好像爬满了蚂蚁。

这个家，怎么搬得动?

刚住进来那一阵，老觉碍手碍脚，碰碰撞撞。屋子里面，隔间不顺，流动线不合理，通风、采光更差，厨房、浴室都得改建。屋子外面，也不顺心，直到雇人砍了几株危树，重新布置了草坪、花圃，疏导了地下积水之后，才稍觉舒畅。

然而，几十年住下来，这老窝便像长在自己身体上面的皮肤，简直连毫毛都不能轻易移动了。

一想到要把每个房间里面的东西全部整理、装箱、交运，头皮立刻发麻。

几十年的生活习惯早已成为本能。这一带，任何需要，买菜、购物、娱乐、运动、看病、抓药，闭上眼睛都办得到。换个地方便得从头来起。

还不止这些。上个月烧烤，老黄就曾警告：千万不能住在儿女家附近！否则的话，你的家就成了收容所，你也得二十四小时随时待命……

因此，没有第二条路。要解决矛盾，就不能回避矛盾，必须正面迎敌。除了全面抗战，没有第二条路！

所有的矛盾，到了老伴那里，都不是矛盾。

“你赶快学会照顾自己吧！”她说，“孩子一天天长大，能够忍心把她送给别人管吗？我得跟她说中国话，教她念唐诗，培养她从小学会做人做事的道理，以后还得接送她上托儿所、幼儿园，学芭蕾，学钢琴。”

才三个月大呢，已经有了第一个五年计划了。

但是，我必须说，我的全面抗战，绝不是因为承受不了这些压力才忽然崩溃的。这十几年，虽未必练就了火眼金睛、动心忍性的功夫，至少，每天不变的生活内容和节奏，早就游刃有余了。

我相信，下面这封电邮，也是“游刃有余”的作品。

亲爱的南茜：

屋主既然接受了我们的条件，就请开始办理必要的手续吧。我这里也会尽快递进贷款申请书。任何其他问题，请跟我们的律师联系。

谢谢你在长达两个月的漫长工作中表现的耐心。

罗

将来有一天，我会对宝宝说：你天生就会用眼睛讲话，三个月大的时候，爷爷就知道啦！

二〇一〇年十月一日初稿

十月二十五日修改

二〇一二年八月二十三日定稿

贴梗海棠

签字之前，忽然心念一动。

并不是留恋什么，但是，自己的生命轨迹，总该珍惜。这么多年了，该留下点什么吧！然而，究竟要留下什么，他其实迷迷糊糊，没有任何概念。

律师楼是相当老式的那种，就是特意保持着二十世纪三十年代上国衣冠风味，因此家具讲究沉重，但连打字机都还没有电气化的那种，不用说，犹太裔的律师，是戴着金丝边眼镜，虽然秃头，却满脸永远堆笑，因而很难讨价还价的了。

这是她选择的律师，她觉得，价钱再贵也值得。她需要保护。严密的保护，锱铢必较。她的律师确实有能力满足她的全部要求。

在他们这一州，合法离婚只能基于两种理由：虐待

（包括精神虐待）或通奸。他决定用通奸，而且自愿当罪人，虽然，究竟谁是罪人，彼此心知肚明。司法程序上，这是最简捷易办的手续，律师说，除非你愿意成年累月打官司拖下去，否则我建议用这个办法申请。

看来不像是陷阱，反正，除了维持生活的最基本要求，他什么都放弃。

不过，在虐待和通奸之间，他还是犹豫了一阵，最后所以选择通奸，只有一个理由：虐待如果是家暴，形象不太好。如果是精神虐待，岂不是更糟，连基本人格都维系不了。既然到了这个地步，又有什么好争的，那就通奸吧。律师说，男方出轨最能博得法官同情，了断最快，最省钱。就这么决定了。

二十多年的婚姻，总该留下点什么吧。留下什么呢？

转头看见，秘书小姐的桌上，台灯下，一盆紫花绿罗裙的非洲堇，寂寞开着。

他于是有了答案。

“乡下门口那棵贴梗海棠，我要挖走。”他的语气坚决。

“这是您的最后要求吗？”律师问，手又一次摘下眼镜，呵气，擦拭。

“是。”

他说。

她点头。

然后，他在文件末尾的合法全名下面，签了字。

离婚后的两三天，心情像考完大考的孩子，发现自己现在做什么都可以，什么都可以做，成天兴奋，头脑里面不断涌出各种念头，身体也好像得了热症，然而，任何念头都只能维持五分钟热度，结果却什么都做不出来，最后竟什么也不想做。唯一完成的工作，就是开车到乡下去，挖了那棵贴梗海棠，装进盆里，带回城里的统楼画室，细细淋洒，沥干，摆在面南的窗台上。然后，搬来一张折椅，对着它，傻傻望着。

这株海棠，是大前年春天，他们刚搬到乡下去的时候，动心选购的。他以为是梅花，学园艺出身的她，知道不是，但究竟是什么，也说不出来。恰好在苗圃服务的一位姓陈的华人技师，就是她的大学学长，问他，才知中文原名是贴梗海棠，还给了一个英文拼出来的日文品名，叫作“Toho Nishiki”。他不晓得汉字，陈技师也不知道。绝妙的是，这株枝横叶廋的苗木，同株开两种花，一半绯红，一半水红，每朵花都紧紧贴着枝梗，这种生态，虽跟紫荆类似，又有些不一样。紫荆的花，好像永远保持珍珠形，花瓣很少展开，因此只适合远观，隔上一段距离，这初春见花不见叶的紫荆，仿佛一团紫红烟雾，越是看不真切，越好。贴梗海棠不同，花蕾也像珍珠，花瓣展开却像梅花。贴在梗上的梅花瓣，显得格外英挺，眼前面对，才能刺动人心。

买这株植物的缘分，是他们最终走上离婚之路的开始。

他发现她跟那位园艺师的关系有点暧昧，却不知为什么，始终不愿揭穿。她对他的无端冷漠不解，也不想把问题摊开谈，就这么僵持了一两年，直到一件鸡毛蒜皮小事引发爆炸。谁都不明白事态为何不能收拾，也没有人主动设法收拾，似乎都有意让多年来有气无力拖着的婚姻，自动消失。

贴梗海棠一株二花，成为他这段婚姻生活的象征。他望着它，绝非怀念，而是盘算，以后的路，怎么走?

事实上，已经好几年了，他画不出来。

画不出来的意思，并不是没画。他继续有作品，画廊也继续代理，画展照开，画一样有人收藏。但是，他觉得，那些只是生意。

恢复单身生活，最困难的是，每天必须解决三餐。

而且，这三餐的作业程序，从买菜、包装进冰箱、解冻、洗菜、切菜到配料、煮蒸炒炖烤、上盘上桌，然后吃，全是一个人的事。当然，吃完收拾，也是一个人。

上餐馆堂食外卖，虽然简单得多，两三个礼拜之后便觉得，花钱也许省事，并不一定减少寂寞。尤其是，点完菜等上菜的那段时间，不免无所适从。

得学会自己解决问题。

他的实践从一碗蛋炒饭开始。

幸好还记得母亲的厨房动作，他也有点发明。

他的蛋炒饭不久就达到专业水平。

电锅煮三碗泰国香米，水比标准略少一点。最好是隔夜饭，比较干，一粒是一粒。先将切成丁的火腿肉用油锅煎炒微焦，铲起待用，然后，打四个蛋，用筷子搅开待用。宿饭放入油锅翻炒加热，等饭粒呈半透明状时，将蛋浆浇在饭上，继续翻炒至蛋饭不分的程度，再撒上葱花，加麻油、酱油，翻炒至所有材料浑然一体，出锅上桌。

他用美国人习惯用于三明治的烟熏火腿午餐肉代替母亲的传统金华火腿，他觉得，效果不亚于童年。

三碗泰国香米炒出来的蛋炒饭，足以支撑好几天。中间添上几顿麦当劳、肯德基或比萨饼，往往一个礼拜就混过去了。

然而，他还是画不出来。

他的画，其实卖得不错。

二〇〇〇年以前，他的画，趁互联网泡沫未破，热销。

泡沫粉碎，他的画的市场，转换地盘，在台湾的一批投资艺术品的财主中，找到了买家。

当然，年轻时苦读英文，加上他的社会活动能力，不能说没有一定的关系。

欧美一些大城市的国际联展中，少不了他。在亚洲更是浪得虚名。

这几十年，中国台湾、香港和大陆的年轻画家，一辈接着一辈，飞蛾扑火一样，给吸引到纽约这个世界最大、竞争最激烈的艺术品产销基地。然而，他们大都是不开车、不讲英文、离开唐人街便无法生活的人。能够像他这样名利双收而又能在无论圈内圈外都备受尊崇的，究竟还是凤毛麟角。在中国台湾地区的媒体上，被视为扬眉吐气、为国争光的艺术大师；在美国的绘画市场上，被视为多元文化的亚洲移民代表。这种双重身份，究竟是在什么时候、什么样的机缘下，成为他半夜醒来无法驱除的梦寐，自己也不清楚。

唯一清楚的是，忽然有一天，面对画室墙上画廊预付了订金的大号画布，他感觉厌恶。

或许是读到大陆一位前辈的警句，或许是看到元代一位画家的山水，他不知道孰先孰后，总之，那是刺激他决定到纽约北边差不多一百英里的荒郊野外隐居的真正动机。他买下一幢废弃的农庄，雇人改造成画室。

他在日记上写道：洗心革面。

四个字，每个字都跟着一个特大的惊叹号。

下面有两段文字：

吴冠中说：历史最残酷，历史也最公正。

范宽、董源、巨然，还是王蒙?

他在乡下隐居三年，唯一的成就是，离婚。

社会是健忘的。等到他回到城里，不久就发现，除了几个老朋友，谁都把他忘了。媒体换了新面孔，画廊展出新风格，连过去最迷他的那些收藏家，态度都冷淡了。

幸好他终于解决了三餐，习惯了一个人从头到尾料理一切的三餐。

他成天焦心苦思，不知道自己要什么，怎么要。他跑书店、上网、钻图书馆，既不交女友，也不社交。格林尼治村、苏荷，不去了。东村和布鲁克林那批开始冒尖的东西，也懒得管。时间无所谓，他有的是时间。

他把他的主要精力放在中国传统艺术史上面，摸清历代沿革和传承，绘画和书法之外，又延伸到陶瓷、青铜器、丝织、漆器、古建园林和小品文玩。

多次专程巡视北美各地收藏中国文物的大博物馆，准许照相的，都留了记录。

如是两三年，还是画不出来。

一个初春下午，独自面对空白的画布，抽完整整一包烟，喝完前夜剩下的大半瓶红酒，忽然觉得周遭死一般寂静。一缕白光从未曾封严的窗口漏进来，恰好照着含苞待放的贴梗海棠。

疏枝横斜，刚洒水的枝条呈青黑色，即将冒叶芽的地方，错落布置绿意，但花芽已然成形，紧贴粗梗，水红和绯红珍珠数十粒，螺旋参差排列。

必须找“梗”，我的“梗”。他对自己说。

那一年，是他破茧而出的一年。

他把统楼租出去，筹得经费，安排好旅程。

他看了武夷山，喝了铁观音。再到江西看龙虎山、三清山、庐山。

他在黄山和富春江一带盘桓了几个月。多年前，台北美术馆在安排他的个人展期间，曾经特许他看到“故宫博物院”珍藏的《无用师卷》。这一次，他花了不少力气，透过特殊关系，终于在杭州的浙江省博物馆，看到了黄公望的《剩山图》。胸臆中的《富春山居图》，完成了印象上的合璧。看完之后，他决定，赵孟頫、黄公望那一路，不是他要的。他要王蒙。那些山，东倒西歪，跌宕的岩石，藏着突兀，像喝醉酒，又像神经不太正常，这是他要的。用这样的岩石和山，写隐居这样的题材，他拜倒。可惜他手边只有一张荣宝斋的木版水印，原件虽无缘亲眼看见，也无所谓了。

雇舟在西溪湿地徜徉的那天下午。他得出结论。

他心悦诚服的山水画，应该有山无水。或者，水只能当衬托，只是配件，跟亭台楼阁、草木人物一样。

真正追求的，只应该是岩石，山的岩石，岩石的山。

本来，计划中的泰山、华山、衡山，都不再重要了。

回到纽约，他画出自己真正想要的第一张画。用的不是水墨，也没用宣纸。他知道，什么道具，什么媒介，什么材质，关系不大。关键只在有没有“梗”。现在，他的

“梗”，就是他内在体验的东西，像岩石，像山。

具象或者抽象，也没关系。关键只是心眼。

疯狂投入工作一年，一张画也卖不出去。

然而，他不在乎。

他知道，他的海棠，只要梗在，就有花开。

二〇一一年五月二十五日初稿

六月五日修改

二〇一二年八月二十三日定稿

孤鸿影

（重读苏东坡《卜算子》有感）

“老头子又来了，怎么办？你去应付一下吧！”

正在书房用功，好不容易进入状态，听到老伴这个带点抱怨意味的要求，我只得起身，向阳光普照的后园踱去。

游泳池旁边的凉亭里，满头白发的霍金斯先生，两手交叠在拄杖上面，背部有点佝偻，半低着头，仿佛不在乎秋后不再温煦的空气，竟自睡着了。

我在他对面坐下，也许是因为移动椅子的噪声，突然惊动，他的问候，虽然礼貌周到，语音却显得不快。

“午安！”他说，“你们一家都好吧？”

老伴送来了两杯热气蒸腾的咖啡。

这座凉亭，是霍金斯亲手建造的。他现在坐的，就是他一向习惯的那个刚好可以一眼照顾全园的位置。这个位置，想当初的设计，就是要一眼看全园，不留任何障碍。我这才明白，刚才他的问候透着不快，很可能是由于他本能产生了这样的意识：你怎么又来打扰我呢？我从房子里边走过来，他背对着，我又一路经过草地，悄无声息，直到发现突然面前有人，他才从不知道什么地方回到现实。

我的出现方式，因此是带有侵略性质的。

幸好咖啡帮助解围。我们的对话终于恢复正常。

老伴始终不能理解，为什么房子卖给我们一年多了，这个老头儿还是把这里当成他自己的家，想来就来，说走就走，而她的丈夫，也好像完全不在乎？无论怎么无理取闹，还是和和气气，简直像是欠人钱似的。

这实在是个很不错的园子，房子以外，至少还有一英亩地。

这一带，一英亩地以上的房产不算特别，因为学区不怎么样，农田又多，当地政府为了提高税收，故意将新开辟的建地区划成大块面积，每幢独立家屋的地产都要求在两英亩上下。然而，地产大并不见得就能规划成豪宅，有的地高低起伏，高处长满杂木林，低洼处又可能是一片湿地，对一般家庭而言，有时候，地大反而成了无谓负担。

他当初决定出价买下，完全是看到这块地的原主人花了不少工夫，把接近两亩的地盘整治得方方正正、平平稳稳，后园尤其难得，不但建游泳池，盖凉亭，开辟了花圃，而且，东西南北到底，就像铺满了地毯，一大片绿罗裙似的草坪，配合上温馨的阳光，实在让人喜欢。

咖啡喝完，霍金斯先生清醒过来了，叹了一口气，站起身，告别。不料走出凉亭的时候，望着园外那一片白杨林子，又回头跟我说了这么一句：

“她骑马从那儿穿过，还招手让我跟上呢！”

乍听还没什么感觉，继而一想，不觉背心有点发凉。我知道，他老伴早在他卖房子的前两年就过去了，就葬在那片白杨林子下面。那个骑马人形，还在我脑子里面晃荡，他却若无其事地走了。

那片白杨林子，也是我去年决心买下这幢房子的原因之一。特别是时值晚秋，遍布丘陵地的天然白杨群，高高低低，粗粗细细，参差罗列。迎风摇曳的亿万叶片，尚未枯萎，但已接近油尽灯枯，只剩下纯得不能再纯的柠檬黄，挂在宣纸白的树干和土灰枝丫上面，索索发抖。

霍金斯先生夫妇一向最爱这片林子，这是他亲口跟我说的。

那天下午，没有掮客在场，就我们两个，也就在这座凉亭里，房价谈不拢，整个交易看来就要破局。

他突然站起来，跟我说："来，来，我带你看看这个，全世界最美最美的树林。"

的确，从开始看房，到最后议价，这一路的过程，从屋子的结构、屋瓦墙壁的新旧，到煤气水电供输管道，甚至后园游泳池和凉亭的材质和使用情况，我上下里外什么都看得仔仔细细，就是这片白杨林，始终未曾留意。也不能完全怪我，检查院子的时候，我的注意力都放在草坪是否健康，有没有真菌感染，花圃是否管理得当，有没有病虫害问题，以及院树是否离房基太近，树冠是否遮去太多阳光等从"看房须知"一类书刊上吸收的知识。而且，若是不坐在霍金斯习惯占据的那个位置，眼光甚至心情都调整到某个角度，对那片最美最美的白杨林，还是会视而不见的。

一旦看见白杨林，我的发狠砍价心情立刻动摇，甚至跟我老伴说：我发誓下几年苦功，在原来基础上，更上层楼，不但要在游泳池边上开拓玫瑰园，还要搞一批多年生草花圃。那片白杨林，不就是天生的"借景"吗？

自此，两方的议价，开始突破了相持不下的僵局。然而，最终的合同，霍金斯坚持，必须配上一个前所未闻的

“君子协定”。

由于财力关系，我的贷款条件有一定的限制。那个“差额”，就由他提出的“君子协定”补足。

协定内容倒是相当单纯，霍金斯要求：房子转手之后，他保留随时回来看一看的权利。

这个“协定”，我没敢让我的老伴知道。心里不免有两层顾虑：第一，要是让她知道了，肯定是要抵死反对的，那房子也就买不成啦；第二，我也隐隐约约有些怀疑，老伴会不会借此挑衅：人家怎么对待老伴的，你呢？

霍金斯先生卖房子，显然是在他老伴走了之后，经过一段为时不短的内心挣扎，才勉强决定的。他即使不说，我也知道。他们夫妻俩，在这座凉亭里看白杨林一年四季的荣枯变化，少说也有二十多年了。二十多年前，还不到六十岁，他便急流勇退，把一生积蓄全部投资在这里。他说，虽然少赚了不少钱，他一点都不后悔。

“我这辈子没有比买下这个家更好的决定，”他在合同上签完，抬头对我说，“我跟她在这里度过我们一生最美好的时光，希望你们一样！”

搬进附近养老院的霍金斯先生，有个固定的生活作息时间表。

每星期的一、三、五，下午三点前后，他便顺着人行道散步过来。我们家本来就没有大门，他从车道绕过，自己打开通向后院的便门，直接走到他习惯跟他老伴喝下午茶的凉亭里，拄着拐杖，打个瞌睡，一个小时左右，又自己走回去。这样的日课，实行下来，不觉一年多了。

周末从来不出现。光是这一点，我便觉得，这个人还是值得尊敬的。因此，老伴一再表示不满，我都尽力替他维护。但是，必须承认，日子越久，这口头相约的“君子协定”，也越难继续遵守。

首先是大概三个月以前，有一天，下着大雨，他居然照常出现，而且，雷电交加，我让他进屋里休息，他却严词拒绝，还说：我只要求你让我回来看看，没要求你管我！

接着，两个月以前，突然一整个礼拜，没有出现。我去养老院查询，才知道他病了。仔细打听，住院医生了解我跟他的特殊关系才勉强告知：是轻度妄想症。但我猜想情况可能并不那么简单，妄想症不可能一整个礼拜缺席，何况还是轻度。是他们给的药或者打了什么针产生的后效吧！

然后，上个礼拜五，老伴先发现，这老头儿有点不太正常，蹦蹦跳跳的，嘴里还叫着他女人的小名。等我赶去，他已经脱光衣服跳进了游泳池。

不能不考虑老伴生气时撂下的那句狠话了："如果他死在我们这里，怎么办?"

记得当时我还挺嘴硬的："大不了帮他买块地，他老婆不就埋在后面吗?"

眼睛跟着他，看他步履蹒跚，踱过绿罗裙似的草地，佝偻身影消失在园门外的树影里，我忽然有了一个决定。

有一天，我死了，也要跟他们夫妇一样，葬在那一片白杨林子下面。

二〇一〇年十月三十日初稿

二〇一二年八月二十四日定稿

前缘

01

难得有个意外，未尝不是好事。

礼拜天的下午，黎群照例给自己布置了任务。他将卧室书架上的书，一一装进纸箱，抬到外面晒太阳，又从书房里挑出一批，搬进卧室。晒书那一两个小时，却未闲着，书桌也照例要清理整顿。桌面乱堆着的书报杂志自然要分类归档，多年收集的那些纪念品和摆件，都得用绒布细心擦洗，尤其是他田野调查时顺便带回的那几块心爱的化石，他连绒布都嫌粗糙，只敢用清相机镜头的吹灰刷除尘。等一切就绪，差不多累得不想动了，一头倒在电视机前面的大沙发里，连毯子都忘了盖，就迷迷糊糊睡着了。

虽然忘了关电视，吵醒他的却不是电视，而是电话震耳欲聋的铃声。这些年，老实说，电话其实是个可有可无的东西，经常联系的，本来没几个人，退休以后，更少更稀疏了，但他却无端养成了害怕漏接电话的心理，铃声越调越高，无非是为了即使在屋外活动也可以听见赶回。

接到江琳的电话，老实说，他确实有点“受震撼”的感觉。然而，事后分析，他很快就清楚，这种震撼，既非惊奇，也不是什么喜出望外的感觉，反而好像是突然有点担忧的样子。日子是过得寂寞，失联的朋友突然出现，总该高兴才是，然而，回想过去，他实在很难理解，这个要求见面的电话，究竟意味着什么。他甚至觉得，方才，自己在电话中的表现，是不是太过分了？人家也许只是礼貌性地问候，顺便提到见面，自己却立刻说好，这不是无意中泄漏了百无聊赖的底牌？这一回想，便仿佛像是受到某种考验似的。

不过，既然答应了，如果不赴会，又显得太小气了点。那就去一去吧，看有什么结果再说。

地点是他挑的，下东城那家名叫“盐”的日本餐馆。选择会面的地方，心里确实意识到类似自卫的机制。几十年不见，话不投机的可能性相当高，这家专卖日本拉面的小店，座位就那么三五排，跟寿司吧没两样，气氛一般还挺热闹的。他对自己说，场面万一尴尬，那就吃完两袖清风，拜拜!

主意既定，他盛装赴会。

本来，既然选了这么一个地方，盛装是没有必要的。出门前，忽然想到，万一对方郑重其事，自己不是显得相对寒碜、落魄？当然，所谓“盛装”，也只是换条长裤，加一件西装外套，改着黑皮鞋罢了。总之，心理上觉得像大哥的身份就可以了。

果然，江琳是有备而来的。

晚秋天气，凉是凉，还不到冷的程度，她却穿上了开司米大衣。他看不出来哪一家的，跟其余配套的衣着比较，想必是某家名牌。化妆倒是不浓，加上飘逸秀发，更显淡雅，这才庆幸好在出门前多考虑了一下。不过，免不了后悔当初不该选这么一个近似快餐店的地方了。

对方并不在意，应该不是故意表示大方，她确实挺兴奋的。

“你真会选，”她说，“早就听说这家的拉面特别好吃，可我一个人，懒得当一回事。”

那么，她也是一个人。这么快就给出重要信息，不是事前想好的吧？

他给两人各叫了一碗面，自己要了一向喜欢的味噌拉面，给她挑的是这家的招牌面，另外，要了一盘日式煎饺、一碟嫩豆腐。

两个人共喝一樽清酒。

是她先开始叙旧的。

“这些年，最怀念的就是在你家度过的那段日子。当时还不觉得，等自己真的混完了半辈子，才像好茶回甘，老想着呢！你呢？黎大哥，多少年不见了，你过得还好吗？”

她说的“半辈子”，他是毫无所悉，当然，这里那里，总有些消息传播，什么嫁入豪门啦，老公偷腥啦，遗产官司啦，诸如此类的，多少带点幸灾乐祸的意味。她口中的“那段日子”，倒真是忘不了。记得她刚来的那天，恰好在客厅看电视，小妹领她进屋，连姓名都没介绍，两个人就关上房门哭成一团了。过了好几天，才侧面从母亲那里听说：这孩子想不开，闹自杀呢，看着挺可怜的，你帮着开导开导吧！他这才变成了黎大哥。

那时候，他的赴美留学计划大局已定，刚好没什么重要事，就领着她们两人，到处游山玩水。最意料不到的是，他这个学地质的，那些专业东西，自己都觉枯燥，谁还有兴趣，不料对失恋闹自杀的江琳，发生了意想不到的效用。他们跑了太鲁阁、花东纵谷，又从东往西，经垦丁、鹅銮鼻回北，环岛一圈，中间还去了日月潭、大雪山。

这世界，原来可以这么看的，还可以这么有趣。怎么能够想象，两千万年以前，脚下这块地方，竟然是海底！要不是欧亚大陆板块下沉，菲律宾板块上推，相互挤压，直到五百万年前，陆地才露出海面，生成了我们的台湾。跟这样动辄百万年的大运动相比，人岂不是太渺小了。我们的喜怒哀乐，算什么呢？要说这样的神话不可置信，黎大哥不是在玉山脚下，采集到几千万年前的海水动物多孔虫化石吗？

回到台北的家，江琳已经换了一个人啦。贫血的皮肤晒红了，柔弱的腿脚有力了。精神状态，再也找不到那种自怨自艾的情绪，当然，要说她从此脱胎换骨、坚强独立，恐怕要求过高吧。反正，他自己也玩得蛮好，顺便救上个没出息的女孩，也算是意外收获，总之，不久他就赴美了。

新世界搞得他七荤八素，一切忘怀了。

这一忘，四十多年过去了。

如今，她在他面前，不知该怎么形容。虽然，年龄上，该算是老女人啦，却保养得原封未动似的，当然，跟记忆中的当年，也不完全一致。当年，不过是个干巴巴的小丫头，五官四肢配合得还算不错，加上失恋，不免有点楚楚可怜，总之，那一点点动人之处，确实没留下什么特别印象。没想到，到了徐娘半老，风韵体态却如此了得！那半个下午的接触，几乎让他失魂落魄，简直可以对自己明白承认，现在的她，美得不可思议！

当天晚上，他便拟好了出游计划。

分手前，她不是说：黎大哥，什么时候再带我出去玩嘛！

02

这一次，大可不必再搞什么地质旅游啰！人家既然已是贵夫人的身份，跋山涉水那一套，怎么可能有兴趣？但是，短程的、观光客式的，也不合适。应该创造机会，让她再一次产生“得救”的感觉，那就得搞一个大的。

整整一晚，他努力工作。

应该这么开始。

飞机降落前，她已经倚着我的臂弯，睡着了。秀发散落在我的颈部、胸前，空调风力不弱，偶尔吹开，便有发丝撩起，拂过面颊，鼻孔不免发痒，但我不敢移动分毫，忍着，享受着。

机场一出来，便是她完全无法想象的蛮荒世界。

车子跑在公路上，路两边，热带稀树干草原一望无际，延伸到赤道不远的南半球的天空。多么干净的天空！绵羊群白云，舒卷、游移、飘浮，没有色彩，没有阴影，没有重量，只有似实又虚的线条，无非是蔚蓝画布上面的波痕。

向晚时分，入住诺福克旅馆。这里是海明威当年打猎的基地，进门大厅里面，陈列着五大猎物的标本，玻璃柜中，有他们使用过的猎枪和弹匣。

先到吧台那儿喝一杯马丁尼吧！这时候可以告诉她，回头，我要带你去市中心的刺槐咖啡座树影下，喝一瓶土产啤酒，晚餐就订在斜对面的牛扒屋，原汁原味的、没有冷冻过的非洲牛喔！

我们的萨伐旅一共七天行程。

导游和司机，明天一早就来接，别忘了，要穿休闲装喔！

早就跟你讲过，七天行程不够的，这么老远来，这么多地方可以玩，七天怎么够呢，安博塞利应该去的，不去你会遗憾。告诉你，那边的荒漠地，有一片林子，当年好莱坞拍摄海明威小说的外景队扎营地，我有关系安排。别问我什么关系，忘了提，肯尼亚可是我的老地盘，待过十几年呢。拿学位那时候，美国不是不景气吗，不得不接受内罗毕大学的低薪工作。其实我根本没后悔，十几年，东非三国，全跑遍了，不然怎么可能当你的向导？想想，从那片林子里面，看常年积雪的乞力马扎罗山峰，透过刺槐叶，看猎户座躺在星空，想想，半夜时分，木屋子外面，鬣狗撕咬号叫，想想，烈日当空，远方沙尘起处，飘浮着海市蜃楼，近处，猎豹争食，食屎鸟盘旋半空。还有喔，离安博塞利不远，我带你观赏马萨依的舞蹈，看他们的武士如何练习猎狮。还有喔……

除了安博塞利，还有马萨依玛拉，BBC的纪录片看过吧，还记得牛羚渡河鳄鱼抢食的流血场面吗？我带你去看。还可以带你去树上酒店，那可是伊丽莎白从公主变成女王的历史圣地。还有喔，蒙巴萨的海滨，不能不去，我的老朋友佩雷夫妇退休后在那儿办民宿，他会安排我们去珊瑚礁区浮潜，安排我们品尝印度洋现场打捞的游水海鲜。

还有喔，应该跑一趟翁岗山，记得《远离非洲》这部电影吧！我带你去看凯伦·布列克森的咖啡园遗迹。西边还有一条重要的路线，不妨租一部车，从内罗毕出发，过大裂谷，游纳瓦夏湖，看河马，不妨在纳库鲁湖过夜，次日起个绝早，看百万火烈鸟腾空飞越。再往西，茶旅馆休息一夜，再开往西疆的维多利亚湖。还有喔，乌干达、坦桑尼亚也该去的，想想，恩戈罗恩戈罗不去多可惜，天然的死火山口，方圆几十里地，所有野生动物，包括大象，都给陷在里面自生自灭。

看来真是没法说服你了。那就玩七天吧。

肯尼亚大山玩两天，再去森布鲁。

保证满意。我给你打包票，夜半，坐在大厅里的玻璃窗前，喝一杯冰得恰到好处的香槟，看河滩地上的鳄鱼，慢吞吞没入黑水，看河对岸的热带丛林边缘，人造月光下，花豹偷偷上树，猎食羊腿。那种感觉，我给你打包票，那种经验，你不得救都不可能。

我告诉你，我要救你，我要把你从深渊里，彻彻底底救回来，从此不再软弱，不再苍白，不再无望，不再放弃。

03

“是小妹吗？”

“阿琳，怎么样？事情办成了？先别讲，让我猜猜。”

“你肯定猜不出来的。”

“怎么啦？比我想象的更严重？”

“那倒也不是，我觉得你担心得有点过头呢！”

“希望你是对的，可是，你知道，真是想尽了办法，才好不容易骗他看了医生的，诊断书我也看过，跟医生讨论的结果，认为是体内化学组成失调，如果不治疗，不可能自动调整过来的。”

“那他要怎么治疗？”

“倒也不算复杂，他开了药，反正我每天都会去他那儿，至少一趟，你知道，他自从退休以后，闭门谢客，什么人都不见，什么事都不做，什么地方都不肯去，整个人就那么木木的，担心死人哪。”

“他乖乖吃药吗？”

“哪有的事！要不然，怎么会找你帮这个忙呢？”

“哪，你怎么处理？”

“没什么，医生交代，趁他不注意，药和进他的日常饮料里就行了。”

“有效吗？”

“看不出来，好像更木了呢！”

“我觉得你们真是胡搞，哪有这么严重！不过是书呆子碰到生活上的突然变化，无法自我调适罢了。”

“哪，真是这样倒好，只是，总得设法拉他一把吧，否则，靠他自己，我觉得，回不来的。”

“其实，何必那么紧张，刚还接到他的电话，约我去国外旅游呢！”

“真的，你别骗我，他会这么主动？”

“谁骗你！日程、旅行路线、重要景点、地理文化背景，什么都有呢，我就是编也编不出来的。”

“那你答应他吧，千万帮我这个忙！”

“忘了告诉你，他要我跟他去非洲呢，听起来，计划挺周全，简直像是蜜月旅行！”

“那你也勉为其难，好不好？就当是我拜托你，救救我这唯一的哥哥，好不好？”

“太过分了吧，我答应你去看看他，没说要负责到底呀！”

“你不是说，老觉得欠他一份情吗？念念旧情吧，真的，不是跟你开玩笑！”

“老实跟你说，如果我跟他出去玩，那绝对不会是因为你的要求。”

“让他带你出去玩吧，不，你带他玩吧，你带他走出来吧！”

04

又是一个礼拜天的下午，天气还真合作，又出太阳了。

照例，黎群又在整理书房。

每隔一两个月，必须整理一次。最近却怪，才一个礼拜，就已经觉得自己活在垃圾堆里。书架上的书，都搬出去不说，回头经过卧室，突然发现，壁橱、五斗柜里的衣服，包括内衣裤、袜子，甚至冬天的围巾、领带、手套、帽子，也竟布满灰尘，细菌繁殖得肉眼都看见，真够心惊肉跳，全翻出来，一股脑儿进了洗衣机。

忙进忙出半天，终于累得不想动了，一头栽在电视机前面的大沙发里，迷迷糊糊睡着了。

电话铃震天价响，他跳起来接。

传来的，是银铃般的声音。

“小琳吗?”

“怎么啦，哥，我的声音都听不出来？你还在等她的电话？我昨天已经送她上飞机了。”

“她不是要我带她去非洲玩吗？计划都快做好了，正要去订机票、旅馆，怎么就走了呢?”

“人家现在是要人，有事，说走就得走。”

“那非洲呢？”

“再说吧，反正，她说，现在联络上了，随时都可以过来。”

“那也好，我就先把事办了，日期等她决定。”

“哥，别这么急吧，或者，我陪你去玩一趟，可好？”

“你不会有兴趣的。”

“好吧，那就等她下次来再说。别忘了，回头，散完步，来我这儿吃晚饭喔。”

05

大约三个月以后，一个雪后黄昏，纽约郊区某地某私家住宅的前院车道上，停着一部警车。车子没有熄火，车顶的红色警告灯光缓缓旋转，照向四面八方。附近人家有人开窗探望，甚至有好热闹的人，竟开始聚集在马路对面往里瞧了。

雪虽然停了，屋顶、草坪和车道上，仍然铺着薄薄的一层白，只因人来人往，脚步杂沓，白色的车道不久就露出了零乱的黑印。

不久，两名妇女扶着一位老先生，走出大门，步下阶梯，送入警车后座。老先生勉强坐下，东张西望，手里紧紧抱着一大张报纸，就着不时明亮的警灯，可以看出，原来是那种大张的、贴在墙上用的非洲地图。接着，警车滑出车道，上了马路，掉头，在一向寂静的住宅区，拉响了凄厉警号。

厨房边上的小饭桌那里，灯光有些黯淡。

桌上有半瓶红酒。两个人，隔桌，面对面坐着。

“你怎么叫警察呢？看着怪难受的，好像犯人似的。”

“医生交代的，这样最安全。他还说，他们有义务提供服务。”

“那，住院手续呢？”

“都办好了。昨晚不是闹了一宿吗？地上直打滚，还操起球棒东砸西敲，吓死人，我实在没法子，今天上午去找他的主治大夫，他跟我说，既然发展出暴力倾向，怕他伤害自己，只能交由专业人员照顾，你把他送进来吧！”

“我还是搞不懂，他干吗死死抱着那张非洲地图不放，难道我拒绝他，真做错了吗？”

“不关你事，阿哥毕业后，好几年找不到工作，山穷水尽，未婚妻都跟他分手了。终于接到非洲的聘书，又想她回心转意，说要带她去那儿度蜜月呢！”

“她答应吗？”

“怎么可能！你也知道，女人一变心，哪有回头的。”

“这么说，他死乞白赖要请我去那儿玩，我还老觉得对他不起，原来，我不过是个替身嘛！”

“算了，我告诉你，我还真想你做嫂子呢！”

两个人笑了，不过，笑声有点怪异，好像非笑不可，又好像笑完想哭。

窗外，又开始飘雪了。

“明天上午去看他，有空吗？我得给他送东西去。”

“不行，跟客户约好了吃中饭，很重要的客户呢！下午飞洛杉矶，下次吧！”

小妹起身，走出厨房，不一会儿，手上抱着个礼盒回来。

“阿琳，这是他心爱的化石，说是特别跑到大陆云贵高原才找到的，叫什么‘三叶虫’，有上亿年呢，给你做个纪念吧。”

二〇一一年八月十九日初稿

八月二十五日修改

二〇一二年八月二十四日定稿

闲之一：冬天的球场

岩上无心云相逐。——柳宗元

起意

午饭后，本想按原定计划，继续读书，但一坐下，便感觉肚子有点发胀，浦老站起身，两手摁着肚子，在屋子里来回走了几圈，看来没多大效果。肚子里仿佛有团硬块，走动既化它不开，手揉它也不碎，遂有了散步的念头。

散步？还是按规定到医生诊所那儿去一趟？他犹豫着。前天的全身检查，应该有结果了，得听听医生的说法。然而，有那么急吗？

站在窗前，无聊外望，心思在动与不动之间，忽然，一只黑鸟飞过眼前，遂做了决定。是那种身量不到乌鸦一半，翅翼拍扇时，露出两团红羽毛的黑鸟。还记得，去年立秋前后，有那么几天，成千上万向南移栖的小黑鸟，一批批，飞过后院上空，有时甚至遮蔽阳光，好像被即将来到的冬寒驱赶着，没命南遁，但其中总有几批，看到或闻到丢在草地上的碎面包屑，中断旅程，下来抢食，似乎是为了帮人度过百无聊赖的下午时光。不过是没多久以前的事嘛，现在不还是冬天吗，怎么就回来了呢?

这才发现，外面白花花的，阳光满地。

是二月难得的冬暖天气呢！无论如何得出去走走。

浦老把车子倒出车库，进入白花花的阳光里，脑子里面，出现了两个选择：北边的州立公园?不行，要开半个小时，太费事了。附近的溪畔步道?也不好，虽然是冬天，树叶早已落尽，但溪两岸的原生林，树高撑天，枝丫繁密，树冠连成一片，在那底下散步，恐怕还是太过阴暗，走久了，出汗，风一吹，不好。

那就顺便去看看阿潘吧!

这座球场，离家很近，是县政府公办的六个球场之一，设备、规划和维修的水平，不算一流，可是，还算得上价廉物美。尤其是，人过六十，就取得元老资格，打一场球，费用相当于两场电影票，所以，十几年来，这里成了浦老休闲、散步兼运动的主要地盘。唯一的不方便，此间冬天特别漫长，每年十一月，感恩节一过，球场进入修整期，要挨到次年四月恢复营运，差不多五个月，无法利用，这在他刚成为发烧友的那时候，二十年前吧，真觉难以忍受！好在，不久就发现了另类利用办法。冬天修整期一到，球场管理人员就放假，大都往南飞向有太阳的地方打零工去了，仅有少数管理员，偶尔上班值勤，因此，多数时候，整座球场渺无人烟，成了被人遗忘的天堂，只要积雪不厚，要想散步，没有比这儿更理想的了。

这个秘密，最早发现的还不是他，阿潘的资格更老。那年冬天，开车去，到了停车场，证实这个异想天开的念头绝非梦想，整座球场空荡荡的，会所大门紧闭，也没有灯光，谁管你怎么利用呢。可是，停车场上，还停着另一部车！浦老见那车停在公众停车的地方，料定不是管理人员，遂大大方方，向第一洞发球台附近走去，不到半个小时，便在第五洞和第十四洞球道平行相会的附近，看见一名中年男子，手持一根看来是七号的铁杆，眼睛瞄准十四洞的果岭，正聚精会神练习挥杆动作。

跟阿潘交往的缘分，就是这样开始的。校园里，固然也算熟面孔，却是泛泛之交，一物理，一历史，彼此专业不同，难得来往。自从若干年前在冬天的球场意外相会，关系不一样了。连称呼都变。平常，学生们尊称教授，一般朋友叫他潘公，跟江教授、浦老，属于一个等级，都是预留空间、保持距离的称呼法。阿潘是老广，习惯在人名前加个“阿”，不熟的也很快就熟了。他开始叫阿浦后不久，阿浦也就顺理成章，叫他阿潘了。没想到，这么一来，彼此不但亲切，又似分外年轻，久而久之，竟成为两人交往的专有秘密，就是说，这个叫法，只适用于两人单独相处的时候，只要有第三者在场，便恢复教授身份，非公即老。

戏雁

今年冬天的气候，确实有点异常。往日，三月不到，正是深冬季节，球场基本上都埋在好几寸厚的积雪里。现在，白雪竟然毫无踪迹，球场看上去一片枯黄，新绿也许还要几个礼拜吧，树枝上的冬眠芽，也丝毫没有肥肿的迹象。

停车场只有一部车，这个另类利用法，看来知道的人，还是不多。整了整衣襟，系好围脖，戴上皮手套，顺便从行李箱取出一瓶清水，塞在裤袋里，便出发了。

整座球场就他一个孤魂野鬼，得好好利用，把十八个洞，从尾到头走上一遍，把肚子里那团硬块消化掉。

之所以从后九洞出发，也没有什么特别理由。面对球场，停车的地方，左手方向是第一洞，右手那边是第十八洞。一向习惯从第一洞走起，今天不知怎的，好像一个人走，必须换点花样，就想从尾巴处往回走。是害怕单调吗？还是因为，十八洞的发球台上，有一群本应南飞却不知何故留在了这里的加拿大雁，正在专心啄食草根。是因为见到这破坏行为，无端激起了防卫意识吗？或者，一看见雁群，便立刻唤回了阿潘的形象，亦未可知。

记不得是哪一年了，只记得那天跟阿潘约好，同时抵达球场。还没下车，就看见他从停车处，顺着地势往下，一面张开双臂，口里发出野兽般的吼声，向前冲锋。为首的大雁看见敌人，发出警告，一面扇动翅翼，一面撤退，在阿潘逼近到二三十步的距离，忽然拉高声量，惊惶示警，接着，成群的大雁阵脚大乱，四处乱窜。车旁痴立的浦老，被这个七十出头的老顽童的行动吓呆了，只见雁群扇动翅翼，双脚交错点地，双翅上下鼓动，发出既规律又动容的肌肉摩擦声，腾空起飞。集体错乱失序的呼唤，像死亡胁迫下的本能反应。呆呆地看着它们，一只只，拔地而起，全身线条，雄健而美丽。一群逃命的鸟，还来不及形成队形，径直向不远的湖水慌乱飞去。每一只飞行物，尾羽上端，有一弯漂亮的白弧，在警号声中，渐飞渐远。

在这批经常光顾的球友心目中，失去候鸟习性的大雁，早已不是大自然，根本就是公害。球场周边的湖岛，没有天敌，如今成为它们永恒的家园，湖边的球道和果岭，是它们的沙拉吧、起居室。球道被它们啃得坑坑洼洼事小，最激起公愤的，是遗留在果岭的粪便，有时，好不容易球打上果岭，一记长推的路线，经常碰到粪条，花时间清扫倒也罢了，必须平心静气执行的推杆动作，不免给扰乱了。

阿潘忘情前奔，双臂高高举起，大幅度画着弧线，一面发出冲锋陷阵的吼声，直到雁群远去。他回头的刹那，那张老顽童的脸，多少年了，依然如新。

蹒跚爬下斜坡，浦老依然感觉肚子里那团硬块，堵得发慌。他没有惊动十八洞发球台上的雁群，刻意绕道而过。

谈艺

整座球场，是围绕湖水设计的。靠湖边的地势，并不平坦，但高低起伏与回环曲折之间，正是设计人用心之处，迥异寻常的球道和关键地点设置的障碍，让这个看来平凡的球场，具备了别人没有的性格：易守难攻。开始打球那几年，由于环境不熟，技术有限，无法掌握这种特殊性格，随时可能出事，挫折感也特别让人难受。日子久了，每个拐弯抹角终于都摸得一清二楚，这种易守难攻的性格，反而成为一种享受，不可替代了。

后九洞沿湖一路铺开，地形忽高忽低，湖岸忽远忽近，加上每条球道两边的疏林坡地，特别在这冬日，感觉就好像走在他乡异国一幅荒凉寂寥的《清明上河图》里面。当然，由于地势蜿蜒起伏，虽说是散步，也不能不费点力气。好在这暖冬天气，格外宜人，走完五六个洞，相当于两英里的距离，身体竟暖和起来，肚子里的硬块带来的压迫感，正逐渐减轻。浦老一面享受阳光，一面迎向微风，安步当车，向高处走去。

每个球场都有一个招牌洞，不只是景观上的招牌，技术上的挑战性也往往最高，这个蓝领阶级的公共球场也不例外。在开始微微出汗、略感气喘的情况下，爬上了第十二洞和第十一洞之间的高地，就是阿潘称之为“高山流水”的那个地方。

第十一洞从下往上，必须仰攻，困难度还算可以，只要把距离控制好，平标准杆不难。接下来，第十二洞发球，要想征服球场，便不那么容易。发球台设在山上，球道开在湖对岸，发短了，球落水，发太长，又可能滚过球道进入树林。尤其刁钻的是，因为是个狗腿右拐洞，发球者不免要争取落点离果岭近一点，以便下一杆距离短，抢难得的抓鸟机会。然而，想得虽美，真要做到，却不容易。落点越接近果岭，开球跨越水面的距离越长。保守的话，一百七十码就安全过湖，但下一杆就得面对两百码以上的攻坚工程。若想开到离果岭一百五十码以内，开球非两百三十码不可。谁愿意公开暴露自己连这个距离都开不出来?

就因为这种挑战性，直接触及自尊心，球友们到了这里，每每情绪紧张，动作拖沓，招牌洞经常塞车，尤其是周末假日。三年前的美国万圣节，记得跟阿潘，在这里，足足等了一个小时。

浦老在十一洞的果岭和十二洞的发球台之间那棵大七叶树下，坐下来，就坐在跟阿潘不知共坐过多少次的那张长板凳上。

说是“高山流水”究竟不很准确。“高山”其实只是湖边的台地，“流水”根本看不到流的痕迹，这所谓的湖，事实上只是人工蓄水的一座水库，纵有流动，肉眼难以察觉。突然，最后一次等人开球的那段对话，电影一样，在眼前放映。

平常一道打球，两人之间的交谈，大多言不及义，你取笑我，我消遣你，越挖苦，越损人，越乐。那天，不知怎的，竟然都有点严肃。

“这‘高山流水’，不知道还剩几次了？”阿潘说，眼睛没看人。

“你说‘高山流水’，我想到的，却是《鹊华秋色图》。记得赵松雪的那张杰作吗？里面还有几株红树，你看，远方那座小木桥附近，不也有些红枫，叶子都快落一半了……”阿浦说，也没看人。

“水色、天光、疏林、远山确有几分类似，但我们有桥，它没有，它有茅舍，我们没有，我还是坚持‘高山流水’。”

他知道，阿潘想着的，是那年年初刚去世的大嫂。饭后几曲古筝，这样的日子，多少年了？以后再也没有了。

耳朵里面，音乐出现。

“不知道为什么，近来，瓦格纳、贝多芬，那些激昂慷慨的，都不爱听了，越来越喜欢慢板。从前，总觉得莫扎特少年不知愁滋味，太单纯，单纯到无味，最近却爱上了他《A大调竖笛协奏曲》的那段慢板……”

“是吗?”阿潘说，“我也一样，勃拉姆斯《小提琴协奏曲》第二乐章慢板的第一主旋律，像神从云雾里出现，一天到晚在我脑子里!”

阿浦知道，他自从退休，离开一辈子熟悉的校园，音乐和高尔夫，几乎是唯一的生活内容，研究工作，也大多停顿了。然而，搞了一辈子的物理，现在居然在音乐里找神。这个，即使自己并非坚定的无神论者，还是无法理解。

“……工作吧，大概只有工作，才能勉强救赎……”浦老望着湖水上面的天空，说了一句自己也未必相信的话。

“还能做什么呢? 做不做，又有什么关系?”

不知道该说什么，浦老的处境，跟他相比，确实也相差无几。何况，板凳上的谈话之前，已经知道他患了绝症。

明天还是去看看医生吧，虽然心里老大不愿意。

会友

走过木桥之前，停下脚步，倚栏望向湖面。小桥连接的，是两个腰子形状的内湖。这一带，若干年前，曾发现一对野番鸭繁衍了不少后代，五六只小鸭，毛色犹带鹅黄，跟在父母身后浮水的镜头，历历在目，没多久，全部不见踪影，究竟是飞走了，还是给红狐狸扑食了，没有人知道。

番鸭家族的地盘，去年来了两只白天鹅，冬天过后，也不见了。相信它们安然无恙，飞走了。

美丽的东西，即使不见了，也不该消失。望着湖水中没有一片绿叶的冬树倒影，这样的意念，似乎没有矛盾。

过桥后的球场地势，逐渐舒缓了。

浦老的散步，也脱离出汗喘气阶段，好像纵有再长的路，也可以毫不费力，就这么永远走下去。

看什么医生呢？好消息听了等于不听。坏消息，听了又怎样？

日子无非就是这样，吃饭、散步、读书、睡觉，其他都不重要。

那就继续享受散步吧。

终于走进了前九洞。

前九洞的设计，因为跟湖岸逐渐拉开了距离，趣味不免显得平淡，然而，第八洞的发球台附近，有棵老树，树干老成持重，树形清奇古怪。这老树，学名不详，据说是八十年前修建球场的时候，设计人有意留下的，当时已经老态龙钟了。一代又一代的球友传了下来，大家不约而同，叫它“青春永驻”。

浦老在发球台旁边的石阶上坐下，喝水，抽烟，望着老树。

老树三人合抱的树身上，斑驳陆离的树皮上，有几乎数不清的小木牌。每块木牌的大小形状设计不同，但都写着或刻着一个字体不同的人名。

他的眼睛上下左右逡巡，终于找到了阿潘的名字。

给阿潘钉上的时候，他的木牌，本在木牌冢的最下端，如今又往上推了。

仔细数了数，新牌子共有十三块，都是这两三年加入的。

球场规定，木牌留在树上最多十年。阿潘还有七年“青春永驻”。

究竟还是冬天，没坐多久就有点寒意。

浦老拍拍裤腿上的泥灰，准备跟阿潘道别，不料刚一抬头，便从老树万千枝丫的空隙处，看见了晚霞。

冬天的晚霞，虽然没有夏天鲜艳，还不失些许温暖的意绪。

然而，向晚的天空，不知何时起，早已转成青灰，远山似有若无，迷失在云雾里，看不见阿潘，也看不见他的神，只看见若干黑点，微微飘浮，渐渐拉开了一个像“人”一样的字，看不出飘向何方。

二〇一二年三月五日初稿
三月十一日修改
八月五日改定

闲之二：爷爷的菜园

贪

浦老原名江浦清。老一辈取名，难免相信风水，给他算过生辰八字，命中缺水，所以用了三个水偏旁。也许就因为水多，他的名称经常变化。少年时代，人称阿清；到了中年，变成了老江；现在，朋友或同事，一律尊称浦老。无论怎么变，他即使并不喜欢，也不得不接受。现在，事情发生变化了。自从孙女儿依依诞生，首先是媳妇改口叫爷爷，接着，儿子跟进，到后来，老伴也放弃几十年叫爸爸（听起来像把拔）的习惯啦。

然而，“爷爷”这个好叫又好听的双声叠韵词，居然好像有某种魔力，听他们不约而同叫久了，浦老的身份认同仿佛冉冉飘升，笼罩在光环里，享受着无须任何努力便成就了的尊严荣耀。他发现自己终究找到了最喜欢的名字，所以，近来给家人写电邮，他也自称爷爷了。

这种权威感，他知道，都是依依的赐予。

儿子接近中年，中年得女，照理应该满心欢喜才对，然而，事情看来并不如此单纯。欢喜是欢喜，却大多是瞬间，女儿在怀里睡着了，女儿笑了，女儿叫爹地了，女儿知道苹果也叫apple了，诸如此类。然而，这些都是瞬间。经常不断的，重复又重复的，只是毫无乐趣可言的喂奶、换尿布、半夜起床、度假无法出门、一向热爱的那些事都没法继续……林林总总，数不清，总之，连续差不多一年，喜气早已耗尽，只剩下勉强对付的精力。

儿子的不快乐，他从旁观察，不免想起自己一度走过的路。从新鲜到勉强，从勉强到认命，看来都是早晚的事。

种菜也许是儿子挣扎自救的最后手段，可是，他根本不会种菜。

这个节骨眼上，爷爷义不容辞，该出手了。

儿子种菜，只有两个老师，网络和附近的农夫市场。

网络上的老师，等于纸上谈兵，理论周全，但对连锄头都不知如何正确使用的儿子，结果只能是徒增苦

2017-5

恼。农夫市场一个礼拜才开市一次，农夫只关心卖菜，至于种菜的方法和诀窍，天性是敝帚自珍的。

爷爷可不同。抗战时期，他跟着爸妈，每三五个月就要搬家逃难，每到个新地方，第一件事就是挖地种菜养鸡鸭，他从小跟在妈妈屁股后面转，这些都不必人教，全成本能了。

依依一岁半那年春天，儿子买了六棵番茄、两打红萝卜，在后院草坪上挖了几十个洞，开始创业啦！媳妇当然高兴，至少，就在身边活动，有随叫随到的好处，此外，听说几个月后就有收成，既省钱，又是有机蔬菜，经济实惠，健康环保，何乐不为？不必几个月，几个礼拜不到，就发现情况不对。怎么这番茄老是长不大，那红萝卜挖起来看，始终小指粗细，不死不活。

爷爷出手的时机到了。

幸好今年的春天够长，一切还来得及。

要做就做个大的，这是浦老一向的行事风格。

草坪上挖几个洞，算什么种菜。不要说附近的草根不断抢营养，那儿的土壤也不对头，任何表土都可以种草，种菜怎么行！不同的蔬菜瓜果，需要不同方式配置的特别土壤，红萝卜需要加沙，黄瓜最好用黏土与腐殖土混合，加上脱水消毒过的牛粪，每个礼拜略施薄肥，一到仲春时节，牵丝攀藤，虎虎生风，不必等到初夏，便可以采收成果了。

平日，儿子家，两三个礼拜到一两个月，难得去一次，这次一待便是一个礼拜，儿子媳妇上班，爷爷抓住老伴权当助手，大展宏图。

最重的活，叫作双重翻土，得脚踏大圆锹深插入土，先向一面翻，成行后，掉头，再翻一次，目的是将表土层下面的生土挖出来，增加土壤的营养。然后，往社区生态中心，运回免费供应的腐殖土，两者搅拌均匀，敲碎大泥块，拣除石块草根，再将肥料拌入，才算完工。因为劳动量实在大，两老一天只能完成四尺宽八尺长的一畦，周末倒是有儿子助阵，所以一周后，后院出现了爷爷的八阵图。

八畦的菜园，规模不算小了，可是，好像还不够用。儿子和媳妇站一边，坚持选生菜沙拉的素材，老伴倒是跟他合拍，主张种传统中国蔬果。这项争议，是用民主协商办法解决的。一方要马铃薯，另一方就选日本小南瓜；一方提天津小黄瓜，对方就投票给玉米。诸如此类。好在，总算解决了。

菜秧不成问题，农夫市场提供，包括老人家需要的冬瓜、瓠子、四季豆和澎湖丝瓜，华人开的农场，这几年越来越多。

儿子见老爸兴致勃勃，如此投入，不免得陇望蜀，试探说：这么喜欢种菜，索性卖了房子搬过来吧。你种菜，奶奶照顾依依，我们不是连保姆都不必请了？

浦老斜眼看媳妇，她假装不知情，掉转头问依依：你叫什么名字？

依依嗓音清脆可爱，答道：你。

嗔

两周后的一个礼拜六清晨，爷爷手上端着咖啡，从阳台上走下来，一面吸收新鲜空气，一面信步走向菜园。

绿油油的一大片，让人欢喜，可是，仔细一瞧，却觉得不十分整齐，好像生日蛋糕给调皮的孩子偷吃了似的，绿茵中露出若干半黑半黄的土疙瘩。再深入检查，土疙瘩周遭的秧苗，有的连根拔起，有的茎断叶残，附近则出现不少脚印。从脚印的面积和形状判断，小依依闯祸的嫌疑大致可以排除，而且，即使保姆带她游玩，也不可能糟蹋成这么个惨象。

那么，谁是犯罪嫌疑人？

儿子住在新开发的社区，后院连接着社区公用的园林景观，有草地，有新植的行道树和花木布置，还有供居民慢跑健身的步道。步道环绕景观区，再往外，便是原始林区了。

浦老曾带儿子的爱犬在原始林边缘溜达，小猎狗一接近树林便疯了，死力拉住链条的爷爷，几乎人仰马翻，可以推断，这林子里肯定有些野生动物。

老伴认为，一定是浣熊，她说她亲眼见过，那家伙鬼鬼祟祟的，趴在院外那棵柳树上，往我们家张望。

如果是它，事情可严重啦。近年传说，浣熊往往身带狂犬病菌，而且，由于保护动物协会人士的关爱，即使侵入住家，也不得任意射杀，得向消防单位申请，派专家诱捕后，迁徙放生。

儿子不同意。现代浣熊进化了，他说，它们学会跟人共生，在下水道栖息，专找人类的厨余进食，不可能进菜园犯罪。

媳妇说，那你无论如何总要通知消防队派人来抓，传染病可怕，不能不管。儿子说，它又没侵入我们家，也不知道它究竟躲在何处，叫人往哪儿去抓？

还是爷爷对园事见多识广，他断定，此罪必野兔所犯无疑，脚印大小形状类似，进食习惯也像。对策不难，花点功夫，把菜园围起来，就一劳永逸啦！

遂成定论。

围篱工作由爷爷设计并指挥，老伴协助，媳妇携依依从旁加油鼓劲，儿子负责执行。建筑材料单纯，附近的“家庭站”供应无缺，计：四尺高塑料网两卷，共两百尺，六尺金属柱若干，还有捆扎用铅丝一大圈。

工程顺利，爷爷选定立柱点，儿子身材本就高大，连梯子都用不上，就站地面手持铁锤把金属柱敲下约一尺深，围上塑料网，大伙纷纷上前帮忙，缠上铅丝，不到一个下午，大功告成。

天气那么好，晚饭顺理成章，烤肉。当然，新上市的甜玉米和有机生菜沙拉，必不可少。

阳台上的野餐桌边，每个人不约而同，不时望着新树立的篱笆入神。

连依依都会说：兔兔，兔兔。不过，她发送气音字还有点困难，听起来，更像是：肚肚，肚肚。

过了两个礼拜，还不到周末，儿子的求救电话来啦！

又遭小偷了，他说，这次损失更大，绝不可能是野兔，损点高两三尺，豆棚瓜架上面的花、叶，差不多给啃光了。

爷爷震怒。不仅因为被偷袭，面子上，好像也有点搁不住。

经过实地勘探，爷爷心情沉重，只说了一个字：鹿。

四尺围篱，饿极的鹿，可以一跃而过，他不是不知道。然而，所以错估形势，判断失误，完全是因为，没想到人烟稠密的社区，居然有野鹿来犯。原始林内藏野鹿，这一点，他也想过，当时只是以为，从林间外望，社区即便在深夜，仍有灯火和车辆来往，何况春夏生长季节，林子里面不缺食材，何须冒险？

蹄印和犯罪现场的其他迹象，犯罪证据确凿。瓜架外伸的竹竿尖端，甚至有鹿身擦撞留下的鹿毛。

爷爷考虑，也许加高塑料网，四尺变成八尺，总该万无一失吧。然而，六尺的柱子，如何承接？入土一尺后，高度不过四五尺，要想把围篱撑到八尺高度，根本不可能，而“家庭站”的金属柱，规格有限，没有比六尺更长的。

儿子的聪明，表现出来了。他建议，围篱四端分插八尺竹竿，高处围上橘黄色的彩带。这个逻辑相当合理，既经济又实惠。野鹿进食，通常都在天亮前后，视觉不免模糊，橘黄彩带迎风飘动，应该产生吓阻效果。

改良的稻草人战术，看来足以让人高枕无忧了。

痴

时序进入仲夏，儿子在围篱上挂了一块木牌，上面有行英文字“Yeye’s Farm”，还用黑笔涂抹，是依依的脚印呢！

爷爷的菜园欣欣向荣。

有一天，正在地里劳动，篱笆外面的邻居太太居然主动表示友好：我喜欢你的菜园。她说，明年春天，请你指导，我们也要来一个！

想起刚开始那一阵，她曾以破坏社区景观为由，向管理当局告过一状，爷爷不禁莞尔，顺手采了几个初显红色的大西红柿，递到篱外。

第二天傍晚，邻居太太送来一个苹果派，还说：一辈子没吃过这么新鲜原味的，市场上买到的冷藏番茄，以后不能吃了。

爷爷说：别客气，需要的话，随时来采，我们种了整整一畦，根本吃不完。

吃不完的，远不止这个呢！

产得最快最多的，想不到，竟是远远来自华北地区的天津小黄瓜。这个品种，跟美国土生，甚至其他华人地区的各种黄瓜都不一样，虽然表皮多刺，只要用筷子刮清，瓜身连皮带肉，不但多汁，口感清脆，而且略带甜味，如以大菜刀拍碎，以麻油、醋、酱油生拌，绝对是一道夏日美味。而且，老伴精益求精，她连酱油都淘汰，但用日本料理处理寿司的特制醋，略加小磨麻油，效果更上层楼。连从小在美国长大因而饮食习惯完全美国化的媳妇，都赞不绝口。

水瓜虾仁馅的饺子，是老伴的又一创造，也颇别致。这洋水瓜（注）原非传统中国产品，洋人一般用来炖汤或于烧烤时，与牛排、鸡腿、热狗等一道烤熟，但味道不怎么样。老伴实验，洋为中用，不料广受欢迎。

最富传统特色的，首推奶奶的家乡菜，豆豉、肉末、辣椒拌炒瓠片。她从小就学会这道菜，做法上又推陈出新，除了加上葱姜蒜等碎粒作料，瓠子本身的切工尤其讲究，圆片厚度均匀，正反两面都要用快刀交叉轻拉出井字开口，好让溶入菜汁的作料入味。拌炒前，瓠片要求煎到微微焦黄的程度。

从仲夏开始，爷爷的菜园供应不断，媳妇、儿子需要的生菜沙拉素材源源不缺，爷爷和他的老伴，每次来，另开小灶，根本无须上远在十几里外的华人超市购物，既省钱又省心。

连小依依都有福啦，这孩子的口味可调教得有点中国人的倾向了。她妈妈花大钱买的高品质婴儿罐头食品，从此没有销路，反而是奶奶炖的冬瓜汤、南瓜粥，一吃一大碗。

现在，每个周末都是丰收季。过去，老伴一提到上儿子家，浦老必定想方设法推三阻四，总要挨到礼拜六上午，才勉强答应。如今，两老养成了新的作息程序。礼拜五一起床，奶奶就忙着电话联络，安排节目。爷爷呢，虽然还有点半推半就的味道，不过，他坚持，要去就不妨趁早，免得挤进周末出城度假的车潮里面，动弹不得。车子一到儿子家，爷爷赶着抱依依，奶奶已经手提菜篮、剪刀，往菜地里收割去了。

每个周末都把附近的亲朋好友找来团聚，奶奶掌厨，刚断气的瓜菜，新鲜甜润，配上儿子的新宠葡萄酒，不要说外人，连媳妇都真心实意叫好。

于是，杯盘狼藉之余，有人开始议论了：这么好的家常菜，再好的餐馆都找不到，实在不宜藏私，应设法推广。

媳妇突然异想天开，提议：奶奶何不口述，我把它译成英文，老公你负责照相，我们联合出一本《奶奶家常菜食谱》如何？

没想到反应出奇热烈，甚至有人连装帧、设计、印刷、纸张之类的细节都规划了。

诸多建议之中，最别致的有两点：一、有人说，除了菜式本身，《食谱》应编入家庭菜园和生活、劳动实景摄影。这样一来，意义就远超过食谱，根本就是推广新的生活方式，不也是一种革命吗？二、装帧方面，有人主张，不用通常的书本方式，模仿办公室秘书过去常用的那种旋转式活动电话簿装置，便于使用者随时翻查，而且，如果能够让它“站”起来，放在炉台上，不是可以一面参看一面操作吗？怎么个站法呢？意见更多了，立体三角形，平行四边形……吊挂式、底柱式……酒酣耳热，不一而足。

奶奶也开始发言了。她好像好久没这么兴奋了，竟站起身指手画脚说：除了你们爷爷家那些东北菜式，我老家湖南的之外，年轻时天南地北哪儿没到，我肚子里的货色还多着呢！一本食谱算什么，一套十本都没问题！

讨论会一直到依依睡倒在爷爷怀里才算结束。

爷爷抱着依依上楼，一面嘀咕：出什么书，笑话！什么人都要出书，那我们算什么呢？

灭

气象局预警，由于北方冷气流南移，南方暖流北窜，附近几个县得严防暴风雨侵袭。

傍晚时分，爷爷凭窗外望，见天上乌云密布，且不时翻滚流动，仿佛有千军万马盲目奔驰，接着，闪电划过夜空，雷声隆隆，儿子的宠物狗，瑟缩战栗，躲进桌子底下。

然而，雷电虽然吓人，却是雷大雨小，爷爷望了半天，担心的事并未出现，想到气象局的预报，一向夸大，这次也不免乌龙，就放心回房就寝了。

半夜，一个炸雷把爷爷惊醒，紧接着，窗玻璃好像被什么细小尖锐的颗粒敲打，发出忽小忽大的沙沙声。闪电照亮夜窗，窗玻璃上面，狂风横扫大树枝叶的投影，如鬼魅出没，爷爷披衣起床，悄悄下楼，走到面对后院的落地窗前。这才发现，那不断击打着玻璃的沙沙声，原来是冰雹，有些颗粒较大的，落地不化，已经累积在阳台上了。借着不时出现的闪光，依稀看见他的菜园里，豆棚瓜架几乎摇摆到接近地面的程度，枝条叶片随风起舞，看来这两三个月的心血，都泡汤了。

灾后景象惨不忍睹，满园碎枝残叶，门前那株照水樱，披头散发，幸好主干未损，但明春的花芽，可能摧残殆尽。

唯一的意外是，豆棚瓜架虽然歪斜，却未连根拔起，或许是竹竿扎制的骨架有一定的韧性，虽大幅度摇摆，但未折断。架子顶端冒出的瓜藤，新芽断裂不少，瓜叶撕裂穿孔，但瓜藤本身，虽移位，却没有损失。菜地狼藉不堪，幸好留住菜心，光复可期。经过仔细检查，爷爷的希望回来了。他开始用花剪逐株逐畦修整，再将残枝碎叶清扫，不到三个小时，菜园似乎无端缩小了一圈，但基本恢复旧观。也许，经此天灾，生产不免停顿，但他相信，再过一两个礼拜，新芽抽长，新花再开，一切又将盛况空前。

两个礼拜过去了，诸事顺遂，爷爷的菜园再一次欣欣向荣。

这一阵，恰是盛夏，阳光耀眼，气温高涨，蔬菜瓜果进入最旺的生长季节，奶奶又要举办周末晚宴了。

然而，天公不太作美，礼拜五就开始下雨，礼拜天也没停。爷爷说，推迟到下个周末吧。下雨天，到处泥泞，黏糊糊、湿答答的，又无法用阳台上的大餐桌，有什么味道，不如等天转晴，心情才不至于打折扣。

恰好儿子媳妇也要参加朋友的婚礼，奶奶才不得不同意。

下个周末也不行，依依感冒，轻微发烧，不算严重，但这时候请客，把家里搞得乱糟糟的，也不大好。何况，那夏日淫雨，依旧下个不停。

又一个礼拜过去了，陆续采摘的新鲜瓜果蔬菜，不但消费不了，连冰箱都放不下了。可是，周末晚宴还是无法举行。

这次的问题，不关儿子媳妇，也跟依依无关，却出在爷爷身上。爷爷的大门牙，一共四颗，年纪大了，牙肉后缩，牙龈露了出来，兼之牙本身也有点歪歪斜斜的，实在不好看，所以，不久前，找牙医做了个目前流行的贴片镶牙手术，不料那天没注意，吃樱桃，一口咬下去，樱桃肉非常柔软，但门牙碰到樱桃核，却把牙片崩落了两个，一上一下，一左一右，极不对称，又露出两个不大不小的窟窿，这个样子，确实不好见客。跟牙医定时间，最早也要下个礼拜三，晚会又不得不顺延了。

雨依旧下着，气象局都乱了套了。他们找出有史以来的所有记录，发现连续降雨三个礼拜，已经接近最高点，可奇怪的是，全美却有四分之三的地区，连续高温，一滴雨未落，森林大火吞噬民居，大片山林毁于一旦，田土龟裂，玉米歉收，大豆情急，总统宣布为旱灾区。爷爷的菜园，却完全泡在水里。

爷爷冒雨抢救，在菜园四周开挖排水渠道，但是，只要雨不停，排水功能只有短期功效。当初开发菜园，为了省力，没把菜园建成高于地面的凸起型菜畦，现在挽救无门，只能祷告上苍怜悯施恩了。

地下水位已接近土表，爷爷买了一架家用抽水机，这是最后一招。

九月上旬第一个周末，爷爷举着一把伞，站在阳台观望。儿子的后院，一片沼泽，他的菜园，只剩下瓜架豆棚几个“骷髅”，站在水里，不要说菜畦里面，连“骷髅”上面，都毫无绿意，枯黄的枝叶藤条，死蛇一般，纵横交错。

爷爷的雨伞给风吹歪，雨点落在脸上，他舔到一丝丝微微的咸味，是眼泪吗？还是脸上的汗水？还没想清楚，却听见身后有人敲着玻璃门。

“爷爷回家家！”

这是他亲耳听见的，孙女儿依依说的，第一个完整的句子。

二〇一二年六月三日初稿

八月八日改定

注释：

水瓜：英文名zucchini，美国华人译为水瓜。

闲之三：藕断丝连

似有

浦老的心情，似囚于某种难以言传的落寞，已很久很久了，近来却略有好转，这跟学校当局安排的专访，显然有一定的关系。他心里明白，因为，开始还略有抗拒心理，访谈两三次以后，小伙子电话来晚了点，居然惦记着呢！

就像今天上午，用完早餐，院子里匆匆散步一圈，回来便问：有我的电话吗？回说没有，竟似有些介意。谈不上苦恼或什么的，若有所失吧。而老伴那边呢，不知怎么的，特别絮絮叨叨，一会儿明知故问：小依依什么时候过四岁生日啊？一会儿又抱怨：都是你，住这么远，来往多不方便！为了躲避头痛，他索性整个上午就窝在他心爱的盆栽区，摘摘芽、整整枝，见天色虽晴，时间还早，阳光亮而不热，就把他经营培育了二十几年的银杏从盆中起出，修根、换土，再用铜条弯枝，等一切完事，已经满头大汗，不过，总算安安静静，到午饭时间了。

午饭也不安宁，老伴问：你就打算这样，顽固到底，一辈子不跟自己儿孙亲近吗？

午睡醒来自问：这一下午的时光，如何打发呢？

上午误了写字，就补一补这个吧。

半年来，写字的方向变了。赵孟頫的《杭州福神观记》写了差不多一年，到了几乎可以乱真的程度，却突然有点厌倦。开始时，人说赵字甜媚，写多了容易犯腰软的毛病，他不以为然。年纪这么大了，怕什么甜？还怕不够甜呢！到了脱帖自书的阶段，把写好的辛弃疾词作钉在墙上远观，终于觉得这字确实站不起来，心意不免犹豫了。不是有人说赵字外观俊逸内实刚强吗？怎么到了我手里，就只剩外而不见内呢？

师法古人，形实之间，如何拿捏，让他着实苦恼了一阵。手头几十本碑帖，翻读多遍，对于自觉极为关键的下一步，还是拿不定主意。他也曾写信多方请益，有人主张下死功，剪去笔尖，先练篆书，确实掌握结构再说。有人认为，要练就笔力，非从隶书入手不可，甚至有好心的朋友，特意送他日本二玄社精印的《张迁碑》，还提到，当年书法家张隆延先生开门授徒，就要求学生依此范本，先练双钩廓填，每一笔都要求饱满到位，写每个字，不得少于五分钟。也有人劝他，年纪这么大了，不必梦想成家，何妨就以智永的《真草千字文》为范本，小楷写上个半年一年，有点行书底子，此后随意挥洒，也就行了。

俊逸与刚强之间，不知抓落白发几许。

一天，读李北海《麓山寺碑》，看见“悲海”二字，心头忽然一震。

先将四尺生宣三折裁开，再横三折竖四折对叠，共得四十八格。一得阁云头艳墨汁对水约四分之一。写完一张，发觉用笔过于拘泥，又往往忘了中锋行笔，于是再写一张。那天，一上午，离不开书桌，最后写了六张，共一百四十四遍，就这“悲海”二字。

半年来，《麓山寺碑》不知写了多少遍了，虽然距“乱真”程度还远，但有点心安理得的感觉，仿佛是一条路，可以这么走下去的样子。

当然，《麓山寺碑》也不是字字珠玑，败笔坏字不少，得仔细挑，但像“悲海”这样精神的，每页都有几个，这就够他忙了。

他找到一位刻图章的朋友，选了一块巴林冻石，刻了四个字：原来如此。

还无

下午三点，午睡醒来，小朋友终于来电话了。

接完电话的浦老，心情顿觉开朗，拿了把花剪，往园中巡视。

估计至少还有一个小时，得安排自己做些事情，便顺手把纠缠的塑胶水管整理了一下。继而一想，这个时节，阳光耀眼，盆栽施水不太合适，一来盆温忽热忽冷，容易伤根，叶面不免沾上水珠，又可能因聚光作用而灼焦，还是耐心点，等黄昏前后吧。恰好发现荷花缸里，泥层居然已经暴露，立刻补了水，同时庆幸，好在及时发现，要不然，又要像去年一样，不但无花，连荷叶都长不好。

小伙子进门的时候，他正为那盆传统直立形的扁柏摘除底叶。今年的春天特长，初春换的盆，此时方才入夏，扁柏长势旺盛，枝繁叶茂，多余的对生枝、交叉枝、倒长枝，得尽快切除，底叶更须用手指倒抹清理，否则整株植形破坏无遗。小伙子颇有耐心，站在身后，一语不发，等他把每一枝层的底叶都处理完，才问：这树看来很老，却这么小，您把它放在这个小盆里，不是有点畸形吗？

浦老斜瞄一眼，觉得费事，没有正面回答，只笑了笑说：还是上我们的老地方谈，空气好，又没有日晒，师母早已备好茶点了。

后院有棵老栎树，树身双人合抱，树冠遮蔽半空，树下的圆桌方椅，是浦老每天早餐读报的地方。为了接待小客人，加上了桌布椅垫。

校方大力支持的这个项目，涉及当代美国汉学研究的传统。虽然这个传统，严格说，人不过两三代，真正有成就的学院，也不过五六家，然而，由于是重镇之一，加上近年老成纷纷凋谢，为了赶快挽救迅速消失的集体记忆，才造成一点急迫感。浦老事实上只能算是这个传统的第二代，无论如何，他与当年奠立基础的几位元老，不但有接触，还有千丝万缕的传承关系。

来自北京的小伙子呢？应该属于第几代呢？连第三代都算不上吧！汉学界有个人人心知肚明却谁也不愿拆穿的现象。真正的美国人，有潜力影响国政走向的，往往是头面人物，却很少有能力就第一手材料直接进行研究，因此，这些大牌学者的周遭，少不了一批中文学养深厚而英语表达能力平平的中国人，这是硬底子。业已进行多次的专访，在这个层次，小伙子跟浦老之间，矛盾不大，多少算是一国的嘛！只是，“一国”内部却也不太平静。二三十年来，“硬底子”的组成，悄悄变化，来自中国港台地区和东南亚的，逐渐被北京、上海的来人取代。

这或许是浦老跟小伙子之间，不时有点话不投机的根源，举例说，这天下午，小伙子问道：我们图书馆那批地方志，究竟怎么搞到的?

浦老说得不免带点扬扬自得的神采，回忆当年恩师在国共内战烽火即将烧到江南的时刻，说服校方拨款，在广州雇货运大卡车运输文物的历史，他本能地用了“抢救”这两个字。小伙子意外沉默了，半天，才低着头问：

“是‘抢救’吗?应该是‘掠夺’吧!”

浦老突然脸红了。

专访到了这里，不太容易继续下去了。

小伙子告辞后，他在园子里晃来晃去，不知道该做什么。直到老伴隔着窗子呼喊：来帮忙和面，媳妇刚来电话，过两天要把依依送过来，先包点饺子放冰箱里准备着!

顺变

年轻时候，他喜欢贯休出家前的一首诗，尤其这两句：满堂花醉三千客；一剑霜寒十四州。为什么喜欢？他说不出。但他知道，那段岁月，他喜欢看人、看花、看剑，三样东西，诗句里都有，也许就这个道理。据说招待贯休的那位地方诸侯，霸气十足，硬要他改两个字，把“十四”改成“四十”，贯休冒杀头危险，一口拒绝，飘然引退。年轻时候的他，着实迷过一阵。

他记得，多少个周末，他那批心怀大志的朋友，面临毕业，开始忙着约会。西门町、国际学社、碧潭，他也不缺席，但他的参与跟别人不同。大世界的晚场电影，他坐在对门二楼的冰店窗口，看人。扶轮社主办的舞会，他选择视界最佳的位置，不下场，就看人。划船和营火，他也在那儿，尽力躲在一旁，看人。他看他们个个绞尽脑汁，你追我赶，趁着留学风潮，漂洋过海，配对成双，寻找他们的新世界。他看他们，一个个，二十出头，把剑扔了，不到十年光景，一个个，成家立业，消失在历史的洪流底下，一点涟漪一点泡沫都不见，再也没浮出水面。

他按剑不动，等待机会，同时不忘看花。

满山烂漫的日本樱，他陶醉。空谷幽兰的奇花异叶，他入迷。但他最喜欢的，还是春雨过后的加州山野，连绵几十里高低起伏的橘红罂粟花海。

他来加州不是为了看花，他寻找出剑的机会。

拔剑后，还是不能不看人，人看多了，却自此茫然四顾。他不再看花，不再看人，开始看树。

“幽山美地”（注1）的峰巅，有一群千年红木，树身十人合抱，主干直冲苍穹。由于海拔高，空气稀薄，连鸟叫都没有，却仿佛可以听见巨木呼吸的声音。人到了那里，双膝自然虚软。

他的膜拜情结，并不限于高大。

有一次，他专程开车去华盛顿国家植物园看盆栽展。一株三百年的五针松，体高不过两尺，主干略左斜，但右面的三片枝叶较长，且因低枝的下垂度较大，完成了平衡。近黑的泥盆，据说是明末清初宜兴名家所制，色泽内敛而幽辉自现。盆栽整体的和谐庄严，也让他产生膜拜感。

他的中年时光，基本在寻树看树的过程中度过。烦恼时看树，成了唯一的逋逃薮，他甚至在自己的家园里，刻意制造。

先后种下十几个不同品种的日本枫，有些嫁接种无法自然繁殖，但原生种有原生种的好处，叶片细小，春秋两季的颜色纯净，绝不亚于改良种，且每年春天，都发现不少秧苗，在草地、花圃、屋角、墙边冒出来。他基本收集了绿叶和红叶两个品种，上石材场挑了两大片两头尖中间宽的蓝砂石，就用后院排水沟的泥，加上石缝里抠出的青苔，布置了两个无盆的枫林盆栽。二十年下来，林木的树干，从牙签变成了拇指。他每年着意修剪，枫林树冠终于连成一片。

有天，老伴居然注意到他苦心经营的神品，还说：你想家了吗？为什么这两个盆栽，都像台湾岛呢？

最得意的，还不是这个。

在庭院最远处，没有邻居的那个连接着山坡的边陲，他种下十几株蓝叶雪松（注2）。初种下那几年，枝干细而叶丛薄，颇不起眼。然而，几十年下来，树干茁壮，接近地面的长枝微垂，树干中段枝平展而顶段枝虽短，却略略向上，成宝塔状，蓝针密裹，形成了瘦骨嶙峋的姿态，但整片树林森森，如北地荒原丛莽。更由于这种常青树的天生特点，尤其是雨后雾气朦胧，蓝叶远望如烟，枝条仿佛穿着巫婆的法衣，飘飘下坠，像有鬼神出没其间。往往在早晨，阳台上喝咖啡，望着高插入云的蓝叶雪松林，想象祖祖辈辈流血流汗的土地，白山黑水之间，仿佛有什么声音，向他召唤。

可是，这几年，他从教书岗位退下来，看树也渐渐救他不了了。

也许，看石头的年纪到了。

如常

接到老朋友来信，不免喜出望外，然而，老朋友的心情，貌似幽默，却透露些许凄凉。

话是这么说的：

“想不到，一辈子吃异性的亏，活到这把年纪，还超脱不了……”

他说的是他才五六岁大的孙女儿。

被孙女儿欺负，不是挺幸福的吗？可他并不这样想，这只能怪他自己，当初为什么不顾劝阻，坚持把家搬到儿子媳妇隔壁呢！早就跟他说过，儿子虽是亲生，媳妇可是外人，何况两代之间，观念、习惯都不一样，住那么近，难保不发生龃龉。两代关系，藕断丝连最好，早就告诫过他，如今，孙女儿告状，媳妇给脸色，岂非咎由自取?

浦老不是个容易受欺负的人，他的媳妇也一向保持尊敬，虽然远远观望，不免不太像一家人。总之，两代住家相隔两三个小时的开车距离，多少潜在的纠纷都因此免了。不过，小依依跟他，由于见面不够频繁，有时有点儿生分，也就没办法了。

好在，难得三五个礼拜见面一次。每一次，都有点像是办喜事。

前三天，先有儿子的电邮，第二天，又有媳妇的电话，老伴就先疯了，指手画脚，忙这忙那，专心准备着，这两三天，日子过得挺有目的的。他呢?反正一切听党中央指挥，为了小依依，逆来顺受不妨。

每次来，小依依都在这儿过夜，她的房间得彻底打扫。窗子、天花板、屋角的蛛网、灰尘，不能马虎，地毯要搬到太阳底下晒，床单、枕头套要换，衣橱也要整理。媳妇有洁癖，衣橱乱，小依依的换洗衣服都不让往里放。

开车过桥，去唐人街采购，是准备工作的必要项目，反正买多了不怕，自己也需要，顺便理个发，这忙忙乱乱的一趟，还是值得的。

屋子里外得仔细检查，三四岁的孩子，活力充沛，又不知道危险，万一摔跤，碰破了皮肉，那还得了。特别是他的盆栽区，老伴叮咛再三，那些盆盆罐罐、石块、水管、农具、泥袋、砂石包，乱七八糟的，你给我整理好，围起来。

接着，当天上午，儿子来电话了，才明白，原来是这样计划：七点前后抵达，留下小依依，两口子坐当晚十点半的飞机，去巴哈马度二次蜜月。

这可非同小可！从来没有过的事！小依依这次要在爷爷奶奶家，过整整一个礼拜啦！

从事情一确定，浦老的心情，就在两极跳动。一方面，想东想西，整夜失眠，往往手拿眼镜找眼镜。同时，又念念不忘，这些年好不容易养成的生活流程，全搞乱了，不要说盆栽、书法，连小伙子的专访，都好像是前辈子的事。

然而，一想到小依依将在他家住上整整一个礼拜，一切都归心了。

他把唐诗宋词选本从书架上找出来，挑出十首，用大楷各写一大张，贴在墙上，作为教材。虽然认字有限，留下印象便好。

上次，依依几乎可以背诵李白的《静夜思》了。

这次，挑些难一点的。孟浩然的《春晓》应该可以了。记得两岁那年，奶奶问她：爷爷叫什么名字？那时刚会说话不久，她说：咳咳，咳咳。原来爷爷在她脑子里，就是早晨刷牙漱口时费力清喉咙浓痰的声音。不过，爷爷想，这么小就能抓住特点，这孩子有些慧根的。杜甫的《春望》呢？是不是过于艰深？再等两年吗？或者先叫她背熟了，将来长大，自能体会？

六点半，儿子又来电话了。这次，一反往例，浦老抢着去接，脚步踉跄，差点连拖鞋都丢了。

那头的语气，好像解除了心头重担。

媳妇终于同意，二度蜜月不必太讲究，孩子带去放心些。

“票幸好补到了，这年月，经济不好，旅行度假的人少。”

他说。

二〇一二年七月九日初稿

八月八日改定

注释：

1. “幽山美地”：加州国家公园Yousemite的音译。

2. 蓝叶雪松：一种寒带针叶常青树，学名Cedrus Atlantica Glauca。

后记

大概两年前，“枯山水”的意念出现，而且，有一段时间，萦回盘旋，去了又来，好像要求我：请面对。

面对什么呢？死亡、神鬼、人间、天地，古老的议题，不时出没，但我始终没有确定的答案。本来就不必有答案的嘛！这样的想法，也不时浮现。

直到两个似乎完全无关的阅读经验，帮助我，逐渐形塑了方向。

第一个经验，偶翻唐诗，柳宗元的《渔翁》，尤其是“岩上无心云相逐”一句，从千丝万缕的蚕茧中，抽出一条线。这首诗，少年时代也读过，当然，读过也是白读，不可能进入内心。现在这个年纪读，便读出了“自由”的意味。

所以把这一句放在《闲》三篇联作的篇名后面，就是这个因缘。

然而，光拉出一条线，太抽象了。

至少还需要实际操作经营的手法。

这就涉及另一次阅读。

却不是任何文学作品，而是一本谈盆栽的书。

英国有一位盆栽专家，名叫陈耀广（Peter Chan），开了一家专营盆栽的公司“鹭”，不仅在英国首屈一指，而且名闻世界。他本人更是英国这个园林大国的头号盆栽师，他的作品，曾经在最负盛名的切尔西花卉展（ Chelsea Flower Show）获得二十一次金奖，又是日本盆栽艺术家协会的荣誉会员。他写了一本书，如今已成经典，书名《盆栽的奥秘》（*Bonsai Secrets* , The Ivy Press Limited, UK, 2006），透露他从事盆栽艺术三十年的经验，其中包括他个人的独特技术创新。我对纯技术的部分，并非没有兴趣，但最多也不过写笔记，放在脑子里参考。真正触动我的，是他对盆栽设计原则的一些经验总结，大概有这么七条，因为这七条原则对我写这本书起了一定的作用，不妨简单介绍一下。

一、简朴：就像禅宗心法，最深层的东西，要用最简单的方式表达；

二、安静：即使在动乱中，也要求安静；

三、自然：极力避免人为痕迹；

四、非对称的和谐；

五、冷酷暗示的壮美；

六、摈弃流俗习惯；

七、暗示无限空间和可能。

我的介绍，节略了详细内容，只是摘要，但都联系着盆栽制作和设计的美学原则。然而，现在可以这么说了，写作这本书的二十二篇小说，对我而言，是督促自己仿佛在制作设计盆栽，不能不在耐心和雄心之间，多些磨合。

成败如何？不得而知，试过就是了。

还有一个问题：为什么用《枯山水》作为书名？

看过部分原稿的朋友曾经批评：你的“枯山水”并不“枯”嘛！

也许我失败了。但，请你去看看日本禅寺的“枯山水庭园”，虽然草木与水，一概排除，它一点都不“枯”，而且，甚至可以说，质地、纹理、脉络和气象，活得很呢。

同样，八大、石涛的残山剩水，不也一样“活”?

我因此这样答复朋友：我生性比较喜欢阳光，可能因此肤浅，但，无论如何，我的“枯山水”，是不可能没有阳光的。

二〇一二年十一月二日

纽约　无果园

策划出品：胡洪侠　责任编辑：汪小玲　吴琼　装帧设计：杨军　林国壮　绘图：王建明